밤의 파수꾼

일러두기

1. 옮긴이주의 경우 괄호 안에 '옮긴이' 표기를 함께 넣어 표기하였습니다.
2. 본문의 이탤릭체는 원서에서의 이탤릭체를 그대로 표시한 것입니다.

THE GUARDS

켄 브루언 장편소설
최필원 옮김

밤의
파수꾼

THE GUARDS

RHK
알에이치코리아

돈 녹스에게 바칩니다.

—

감사의 말
비니 브라운, 찰리 번스 북스토어, 필 케네디, 노엘 맥기에게
감사의 뜻을 전합니다.

가르다(Garda, 아일랜드 공화국 경찰 – 옮긴이)에서 잘리는 건 불가능에 가까운 일이다. 정말 잘리고 싶다면 제대로 노력해야 한다. 공개적으로 대망신을 당하지만 않으면 그들은 거의 모든 잘못을 눈감아준다.

내게도 일이 많았었다. 헤아릴 수 없을 정도로.

주의

경고

마지막 기회

유예

그럼에도 나는 달라진 게 없었다.

물론 술도 끊지 못했다. 그건 어쩔 수 없다. 가르다와 술은 아주 오랜 동안 애정 넘치는 관계를 유지해왔으니까. 절대 금주를 선언한 가르다는 오히려 불필요한 의심을 받게 된다. 가르다 안팎에서 웃음거리가 되는 건 말할 것도 없고.

훈련소의 교관이 말했다. "다들 술 좋아하지?"

훈련생들이 일제히 고개를 끄덕이며 툴툴거린다.

"시민들도 우리가 술과 친해지기를 바라고 있어."

좋아. 아주 좋아.

"그들이 원치 않는 건 깡패(blackguard)야."

그는 자신의 말장난을 훈련생들이 충분히 음미할 수 있도록 잠시 뜸을 들였다. '블랙가드'를 라우스 악센트로 발음하니 '블래거드(blaggard, 극악무도한 자-옮긴이)'로 들렸다.

10년 후 나는 세 번째 경고를 받았다. 교관은 나를 불러 상담을 받아볼 것을 권했다.

"세상이 많이 변했어. 요즘엔 치료 프로그램도 많고, 12단계 재활 센터도 있어. 세인트 존에서 며칠 지내다 나오는 건 더 이상 부끄러운 일이 아니야. 이번 기회에 성직자나 정치인들과 친해지면 좋잖아."

나는 이렇게 대꾸하고 싶었다.

'다 쓸데없는 짓입니다!'

하지만 못 이기는 척 조언에 따르기로 했다. 프로그램 수료 후 한동안 술을 멀리했지만 결국에는 다시 유혹에 빠져들고 말았다.

가르다가 고향에 배치되는 경우는 무척 드물다. 막상 그렇게 되면 고향 입장에서는 쌍수 들어 반길 일이다.

혹독하게 추운 2월 어느 저녁에 내려진 임무. 칠흑 같은 어둠. 도시 변두리에서의 과속 차량 감시.

경사가 강조했다. "난 성과를 원해. 예외는 없어."

내 파트너, 클랜시는 로스코몬 출신이었다. 태평스러운 성격의 그는 내 음주 문제에 대해서도 무관심했다. 나는 브랜디가 섞인 커피를 보온병에 넣고 다녔는데, 목 넘김이 예술이었다.

그 맛이 기가 막혔다.

한산한 날이었다. 사람들은 이미 우리 위치를 파악해둔 상태였다. 운전자들은 수상스러울 만큼 제한속도를 잘 지켜주었다.

클랜시가 한숨을 내쉬며 말했다. "다들 우리가 지키고 있다는 걸 아는 모양이야."

"당연하지."

그때 벤츠 한 대가 빠르게 지나쳐갔다. 스피드 건에 찍힌 숫자는 제한속도를 훌쩍 뛰어넘는 것이었다.

클랜시가 소리쳤다. "빌어먹을!"

나는 황급히 기어를 넣고 벤츠를 뒤쫓기 시작했다.

조수석에 앉은 클랜시가 말했다. "잭, 속도 좀 줄여. 그냥 보내주자고."

"뭐?"

"번호판…… 번호판을 봐."

"저게 뭐?"

"관용 차량이야."

"뭔가 냄새가 나는데."

나는 사이렌을 켜고 계속 추격했다. 벤츠가 단념하고 멈춰 선 것은 10분쯤 지난 후였다. 문을 열고 내리려는데 클랜시가 내 팔뚝을 붙잡으며 말했다.

"좋은 게 좋은 거야, 잭."

"웃기지 마."

나는 운전석 유리창을 톡톡 두드렸다. 벤츠 운전자는 한참 뜸을 들이다가 못 이기는 척 유리창을 내렸다.

그가 능글맞게 웃으며 말했다. "무슨 일입니까?"

"내리십시오."

그가 무슨 말을 하려는데 뒷좌석의 남자가 몸을 앞으로 기울이며 말했다.

"왜 그러십니까?"

나는 대번에 그를 알아볼 수 있었다. 재무부 소속 고위 간부.

"선생의 기사가 미치광이처럼 차를 몰았습니다."

"내가 누군지 알고 있습니까?"

"그럼요, 간호사들과 놀아났던 그 얼간이 자식 아니십니까."

클랜시가 바짝 다가와 속삭였다. "잭, 이만큼 했으면 됐어."

차에서 내린 재무부 간부가 내게 다가왔다.

분노한 그가 소리쳤다. "꽉 막힌 친구로구먼. 자넬 당장 잘라버리라고 하겠어. 앞으로 자네에게 무슨 일이 벌어질지 상상이 안 되지?"

나는 말했다. "앞으로 저에게 무슨 일이 벌어질지 정확히 알고 있습니다."

그러곤 그의 입에 강력한 펀치를 날렸다.

방심

아일랜드에는 사설탐정이 없다. 아일랜드인들은 그런 직업을 이해하지 못한다. 개념 자체가 모두가 증오하는 '밀고자'와 부담스러울 만큼 흡사하기 때문이다. 아일랜드인들은 다른 무엇보다도 '밀고'에 민감하다.

나는 곧바로 조사에 착수했다. 어려운 일은 아니다. 그저 약간의 인내와 돼지 같은 고집만이 필요할 뿐이다. 특히 후자는 내 강점이다.

어느 날 아침 갑자기, '신은 나를 탐지자로 만드셨다!' 이러면서 법석을 떨거나 하지는 않았다. 신은 내게 아무런 관심이 없다.

그냥 신이 있고, 아일랜드 버전의 신이 있다. 그래서 가끔 한없이 무관심한 반응을 보이는 것이다. 관심이 없어서가 아니라 참견하고 싶지 않기 때문에.

가르다 출신이라 확실히 남들보다 유리한 입장이라는 건 인정할 수밖에 없었다. 이 바닥 생리를 누구보다도 잘 알고 있으니. 그동안 숱한 사람들이 나를 찾아와 도움을 요청했다.

나는 운이 좋았고, 맡겨진 거의 모든 사건을 깔끔히 해결해주었다. 잘못된 전제를 토대로 조금씩 평판이 쌓여갔다. 의뢰인들은 무엇보다도 내 저렴한 수수료에 만족했다.

/

그로건스는 골웨이에서 가장 오래된 술집이 아니다. 그저 골웨이에서 가장 오랫동안 변하지 않은 술집일 뿐이다.

다른 술집들이,

유니섹스

저지방

가라오케

허세

이렇게 변해갈 때 그로건스는 50년 이상을 한결같은 모습으로 일관해왔다. 기본을 뛰어넘었다고나 할까. 침과 톱밥으로 덮인 바닥, 딱딱한 의자, 꼭 필요한 몇 가지 술만 내놓는 바텐더.

후치

믹서

브리저

이런 것들은 아직도 찾아볼 수 없다.

진지한 음주를 위한 진지한 곳이다. 인터폰도 없고 정문 앞에 기도들을 세워놓지도 않았다. 세상에 이런 술집은 또 없을 것이다. 숍 가의 가라반스를 지나쳐 좁은 골목으로 들어가면 내 집처럼 푸근한 술집이 나온다. 공짜 술 대신 자유가 있는 곳.

내가 그곳을 좋아하는 또 한 가지 이유는 그곳이 내 출입을 막지 않는 유일한 술집이기 때문이다. 그들은 단 한 번도 나를 거부한 적이 없다.

그 술집에는 어떠한 장식도 되어 있지 않다. 얼룩진 거울에는 헐링(열다섯 명씩 두 팀이 하는 아일랜드식 필드하키 – 옮긴이) 스틱 두 개가 십자형으로 걸려 있다. 그 위에는 액자가 세 개 걸려 있는데 교황, 성 패트릭, 그리고 존 F. 케네디이다. 그중 JFK 사진은 가운데 자리를 차지하고 있다.

아일랜드 성인들.

한때 교황이 가운데 자리를 차지한 적이 있었다. 하지만 바티칸 공의회 이후 왼쪽 자리로 밀려나게 됐다.

근거 없는 추측.

그게 몇 번째 교황인지는 알 수 없다. 다들 생긴 게 비슷하니. 아무튼 중요한 건 그가 다시 가운데 자리로 치고 들어올 가능성이 거의 없다는 사실이다.

클리프 리처드의 젊은 시절을 기억하는 그곳 주인, 숀이 말했다. "클리프는 영국의 엘비스였어."

끔찍한 해석이다.

그로건스는 내 사무실이나 마찬가지였다. 나는 오전 내내 그곳에 죽치고 앉아 바깥세상의 노크를 기다렸다. 숀은 알아서 커피를 챙겨준다. '쓴맛을 없애준다'며 브랜디까지 살짝 섞어서.

가끔 그는 카운터에서 얼마 떨어지지 않은 내 자리에마저 다가오지도 못할 정도로 기운 빠진 모습을 하고 있다.

받침 접시 위에서 컵이 덜거덕거린다. 최악의 소식처럼.

"머그잔을 쓰지그래요?"

내 말에 그는 기겁하며 대꾸한다. "늘 하던 대로 할 거야!"

언젠가 컵과 함께 덜덜 떨고 있는 그에게 물어본 적이 있었다.

"은퇴 안 하십니까?"

"자넨 언제 술을 끊을 거야?"

도저히 받아칠 수가 없다.

첼트넘을 떠나온 지 며칠 지났을 때 나는 평소와 같은 테이블에 자리를 잡고 앉아 있었다. 챔피언 허들에서 딴 몇 파운드는 아직 탕진하기 전이었다. 나는 《타임 아웃》을 훑고 있었다. 거의 매주 그걸 사서 읽는다. 런던의 모든 행사를 소개하는 안내서.

나의 계획.

아, 물론 내게도 계획이 있었다. 계획을 가진 술꾼보다 치명적인 건 없다. 아무튼 내 계획은 이랬다.

가진 돈을 전부 긁어모으고, 필요하다면 더 빌려서 런던으로 떠나기. 런던의 베이스워터에서 번듯한 아파트 구하기. 그리고 기다리기.

바로 그거였다. 그냥 기다리기.

끔찍한 월요병을 고쳐준 것도 바로 이 꿈이었다.

손이 덜거덕거리며 다가와 커피를 내려놓으며 물었다. "언제 갈 거야?"

"곧."

그가 축도 몇 마디를 나지막이 중얼거렸다.

나는 뜨거운 커피 한 모금에 입천장을 데이고 말았다.

완벽해.

잇몸으로 파고든 브랜디가 내 치아를 난타했다. 당장이라도 빠져버릴 듯이 아팠다.

캡슐에 갇힌 천국.

J. M. 오닐은《더피는 죽었다》에서 브랜디는 호흡을 주었다가 이내 앗아가 버린다고 했다. 또한 영업시간에 맞춰 술이 깨려면 어쩔 수 없이 일찍 일어나 마셔대는 수밖에 없다고도 했다.

아는 사람만 아는 고통이다.

한 여자가 들어와 주변을 살피다가 카운터로 다가갔다. 나는 내 능력 이상의 사람이고 싶었다. 고개를 떨어뜨리고 내 탐지 기술을 시험해보기로 했다. 아니, 내 관찰 능력을. 나는 그녀를 슬쩍 쳐다보았다. 과연 어디까지 추리가 가능할까? 중간 길이의 엷은 황갈색 코트. 꽤 비싸 보였다. 어깨까지 내려오는 갈색 머리. 화장은 했지만 립스틱은 바르지 않았다. 옴폭하게 들어간 눈과 작고 둥근 코와 억세 보이는 입. 예쁘지만 감탄할 정도는 아니었다. 그리고 감각적인 갈색 가죽 구두.

결론, 내 영역 밖의 여자. 그녀는 숀과 몇 마디 나누었다. 그는 곧바로 나를 가리켰고. 그녀가 다가왔다.

"테일러 씨?"

나는 고개를 들었다. "그런데요?"

"드릴 말씀이 있어요."

"앉으시죠."

가까이서 보니 더 예뻐 보였다. 눈 주변의 주름은 깊게 패어 있었다. 삼십대 후반쯤 된 것 같았다.

나는 물었다. "한잔하시겠습니까?"

"커피를 주문했어요."

커피를 기다리는 동안 그녀는 내 얼굴을 유심히 뜯어보았다. 예의 따위는 모르는 노골적인 시선으로. 숀이 커피를 들고 다가왔다. 세상에, 비스킷 한 접시. 나는 불만 가득한 눈으로 그를 올려다보았다.

그가 말했다. "자네 일이나 신경 써."

그가 사라지자 그녀가 입을 열었다.

"몸이 많이 불편해 보이세요."

나는 아무 생각 없이 툭 내뱉었다.

"저 사람 말입니까? 저 상태로도 우리 둘을 거뜬히 매장시켜버릴 수 있습니다."

내 말에 그녀가 움찔했다.

나는 퉁명스럽게 말했다. "무슨 일로 오셨습니까?"

그녀가 마음을 진정시키고 나서 말했다. "도움이 필요해서요."

"어떤 도움 말씀이죠?"

"사람들을 돕는 일을 하신다고 들었어요."

"뭐 그러려고 노력은 하고 있습니다만."

"제 딸…… 새라…… 그 애가, 그 애가 지난 1월에 스스로 목숨을 끊었어요. 열여섯밖에 안 됐는데."

나는 동정의 신음을 적절히 흘렸다. 그녀의 설명이 이어졌다.

"전 그 애가…… 자살했다고 생각하지 않아요. 절대…… 그럴 애가 아니에요."

나는 터져 나오려는 한숨을 애써 참았다.

그녀가 쓴웃음을 지으며 말했다. "부모라면 누구나 이렇게 얘기하겠죠? 안 그런가요? 하지만 그 후에 이상한 일이 있었어요."

"그 후에요?"

"네. 어떤 남자가 전화를 걸어와서 제게 이러더군요. '그 앤 익사했어'라고."

순간 구미가 확 당겨 진지한 얼굴로 물었다. "뭐라고요?"

"정말이에요. 딱 그 말만 하고 끊었어요."

나는 아직 그녀의 이름도 모르고 있었다.

"앤…… 앤 헨더슨이에요."

확실히 감이 떨어져 있었다. 정신을 차려야 했다. 나는 술을 탄 커피를 단숨에 들이켰다. 효과가 조금 있는 것 같았다.

"헨더슨 부인······ 전·······."

"부인이라고 부르지 마세요. 더 이상 기혼이 아니니까. 새라의 아버지는 오래전에 우릴 버리고 떠났어요. 우린 지금껏 서로를 끔찍이 챙기며 살아왔죠. 그래서 그 애가······ 자살했다는 걸······ 믿을 수 없다는 얘기예요."

"애니, 이런 비극이 발생하면 난데없이 정신병자와 기인들이 튀어나와 정신을 어지럽게 만들곤 합니다. 그들에게 비극은 등대와도 같거든요. 그들은 남의 비탄을 먹고 삽니다."

그녀가 아랫입술을 살짝 깨물고는 고개를 들며 말했다. "그는 뭔가를 알고 있었어요."

그러더니 가방에서 두툼한 봉투를 꺼냈다.

"이걸로 충분했으면 좋겠네요. 미국 여행을 가려고 모아왔던 돈이에요. 새라가 오랫동안 꿈꿔왔던 일이죠."

그녀가 사진 한 장을 꺼내 돈 봉투 옆에 내려놓았다. 나는 사진을 유심히 훑는 척했다.

"도와주시겠어요?"

"보장은 못 드립니다."

해야 했던 말, 할 수 있었던 말이 많았지만 나는 아무 말도 하지 않았다.

"왜 늘 술에 절어 사시죠?"

방심하고 있다가 허를 찔렸다.

"제게 선택의 여지가 있다고 생각하시는 모양이군요."

"아, 그런 대답은 말이 안 돼요."

속에서 서서히 부아가 치밀어 올랐다.

"어째서…… 나 같은 술주정뱅이에게…… 도움을 요청하러 오신 겁니까?"

그녀가 자리에서 일어나 매서운 눈으로 나를 내려다보았다.

"당신이 최고라는 얘길 들었어요. 이 일 외엔 신경 쓸 게 없다면서요?"

그리고 그녀는 사라져버렸다.

> "······당면한 과제에 신속히 반응한다."
> 평가 보고서

나는 운하 옆에 살고 있다. 대학에서 얼마 떨어지지 않은 곳이다. 밤마다 학생들이 왁자하게 떠드는 소리를 듣는 건 나름 즐거운 일이다.

그들이 만들어내는 소음은 실로 대단하다.

위아래로 방이 두 개씩 있는 내 집은 작고 오래됐다. 집주인은 이 집을 두 개의 집으로 개조해놓았다. 나는 아래층을 쓰고 있는데, 위층은 린다라는 은행원의 집이다. 시골 출신의 그녀는 도시 생활의 나쁜 면만을 고스란히 흡수했다. 영악하고 교활한 타입이랄까.

이십대 초반의 그녀는 나름 미인이다. 언젠가 열쇠를 잃어버렸다고 해서 그 집의 잠긴 문을 열어준 적이 있었다.

나는 용기를 내서 물었다. "시간 괜찮으면 나하고 데이트나 할래요?"

"난 황금률을 어기지 않아요."

"그게 뭔데요?"

"술고래와는 데이트를 하지 않는다."

또 언젠가는 타이어에 펑크가 났다고 해서 새것으로 갈아 끼워준 적도 있었다.

"그땐 내가 좀 심했던 것 같아요."

심했던 것 같다고?

모두가 점점 한심한 미국인처럼 변해가고 있다.

손은 새까만 기름으로 얼룩졌다. 나는 일어나서 그녀의 다음말을 기다렸다.

그녀가 계속 말했다. "그땐 내가 너무 무례했어요."

"신경 쓰지 말아요." 성급한 용서는 사람을 바보 같아 보이게한다. "그럼 나랑 나가서 식사라도 할래요?"

"그건 좀 곤란해요."

"네?"

"내 상대가 되기엔 당신은 너무 늙었어요."

그날 밤 나는 슬그머니 밖으로 나와 그녀의 차 타이어에 다시펑크를 냈다.

나는 독서를 즐긴다. 그것도 엄청나게. 술을 마시면서도 틈틈이 책을 집어 든다. 대부분 범죄소설이다. 가장 최근에 읽은 건 데릭 레이먼드의 자서전《숨겨진 파일》이다.

일류 작가.

진정한 글쟁이.

술로 인해 인생을 마감했다는 사실 또한 내게는 매력으로 다가왔다. 화장실 거울에 이런 글을 붙여두었다.

존재는 관측 장교가

쌍안경으로 적진을 살필 때

가끔 보이는 것이다.

음탕한 디테일에 갑자기 초점이 맞춰진

아득하고, 어수선한 시야.

나는 술로 그 음탕한 디테일을 지우려 애쓴다. 하지만 그것은 이미 악취 나고, 부패한 내 영혼에 각인돼 있다. 아무리 발버둥쳐봐도 떨쳐내지지 않는다.

맹세컨대 나는 내가 할 수 있는 모든 걸 다 했다. 아버지가 세상을 떠난 후로 거의 매일 죽음에 집착하며 살게 됐다. 나는 반만 기억나는 노래처럼 그것을 항상 곁에 지니고 다닌다.

철학자 로슈푸코는 죽음이 태양과 같다고 썼다. 아무도 그것을 똑바로 쳐다볼 수 없다. 나는 죽음에 대한 책도 여러 권 찾아 읽어보았다.

셔윈 널랜드,《우리는 어떻게 죽는가?》

버트 카이저,《미스터 D와 춤을》

토머스 린치,《장의사》

내가 원했던,

　　　답

　　　　위안

　　　　이해

그런 것들은 끝내 얻지 못했다.

마음에 뚫린 구멍은 아직도 쓰라리다.

장례식이 끝난 후 신부가 말했다. "비탄은 서서히 가실 겁니다."

나는 이렇게 소리치고 싶었다. '젠장, 전 싫습니다. 그걸 잊고 싶지 않다고요. 끝까지 품고 갈 겁니다.'

아버지는 좋은 사람이었다. 내가 어렸을 때 아버지가 갑자기 주방의 모든 가구를 치워버린 적이 있었다. 의자, 테이블 등을 전부 한쪽 벽 앞에 쌓아놓았다. 그런 다음 어머니의 손을 잡고 주방 바닥에서 춤을 추었다. 터져 나오지 못한 웃음이 어머니의 목에서 꼴꼴 소리를 냈다.

어머니가 소리쳤다. "이게 뭐예요?"

그럴 때마다 아버지는 이렇게 대답했다. "그냥 즐기기만 하면 되는 거야."

아버지는 기력이 다할 때까지 그렇게 춤을 추었다.

나는 지금껏 춤을 춰본 적이 없다.

> "죽은 아이들은 우리에게 기억을 주지 않는다.
> 그들은 우리에게 악몽을 준다."
>
> 토머스 린치, 《장의사》

나는 죽은 소녀의 무덤에 찾아가 보았다. 그녀는 라훈 공동묘지에 묻혔다. 노라 바나클의 죽은 연인이 묻힌 곳.

내가 왜 그곳을 찾아갔는지 설명할 수는 없다. 아버지의 무덤은 작은 언덕에 자리하고 있다. 내게는 인사를 드릴 기운도 남아 있지 않았다. 왠지 과거 속에 갇혀 서성대는 느낌이었다. 이따금 아버지를 잃은 상실감이 너무 커 인사도 제대로 못 하고 올 때가 있다.

새라 헨더슨의 자리는 동쪽 벽 근처였다. 볕이 잘 드는 명당이다. 임시변통으로 꽂아놓는 십자가에는 이렇게 적혀 있었다.

새라 헨더슨

그뿐이었다.

나는 말했다. "새라, 최선을 다해볼게."

정문을 나와 공중전화로 캐시 B에게 전화를 걸었다. 그녀는 아홉 번의 발신음이 흐른 뒤 응답했다.

"뭐예요?"

"와우, 캐시…… 전화 예절이 상당한데."

"잭?"

"그래."

"어떻게 지내요?"

"지금 공동묘지에 와 있어."

"설마 거기 묻힌 건 아니겠죠?"

"날 좀 도와줘야겠어."

"그러잖아도 빵이 떨어졌는데 잘됐네요."

나는 그녀에게 필요한 정보를 들려주었다.

"그 애 학교 친구들을 만나봐줘. 남자친구가 있었는지도 알아봐주고."

"내가 알아서 할게요."

"미안."

"당연히 미안해야죠. 며칠 후에 연락할게요."

딸깍.

/

일 년 전 어느 늦은 날 밤, 나는 운하를 따라 집으로 향하고 있었다. 자정이 지나면 운하는 굉장히 어수선해진다. 술꾼, 마약쟁이, 과격한 환경운동가, 그리고 미치광이들. 나와 잘 어울리는 곳이다.

한 이민자가 자신의 코트를 벗어 내게 팔려고 했을 뿐 별일은 없었다. 운하 끝에 다다랐을 때 남자 앞에 무릎을 꿇고 앉아 있는 한 여자의 모습이 눈에 들어왔다. 처음에는 그저 오럴섹스 중인 커플이라고만 생각했다. 번쩍 들린 남자의 손이 그녀의 머리에 세차게 떨어질 때까지는. 나는 잽싸게 다가가 팔꿈치로 그의 목을 찍었다.

고꾸라지는 그의 몸이 난간에 걸쳐졌다. 여자의 얼굴에는 베인 상처가 있었고, 볼에는 멍자국이 나 있었다. 나는 그녀를 부축해 일으켰다.

"저 사람이 날 죽이려 했어요."

나는 다시 팔꿈치로 그를 가격했다.

그가 신음을 토했다. "어…… 윽."

"닥쳐!" 나는 그녀에게 물었다. "걸을 수 있겠어요?"

"한번 해볼게요."

나는 남자의 셔츠를 움켜잡았다.

일으켜 세운 후,

하나

둘

끝.

그가 중심을 잃고 난간 너머 운하로 떨어져버렸다.

내 집의 문을 여는 순간 운하 쪽에서 울부짖음이 들려왔다.

"그 사람 수영 못 할 거예요."

"그러거나 말거나."

"나도 신경 안 써요."

/

나는 타워블록 핫위스키를 만들었다.

엄청난 양의 설탕

정향

제임슨 1갤런

나는 그녀의 손에 글라스를 쥐어주며 말했다. "마셔봐요."

그녀는 시키는 대로 했다.

나는 론 스타의 〈어메이즈드(Amazed)〉를 틀었다.

"컨트리 음악인가요?"

"네."

"형편없네요."

"더 마셔봐요. 그럼 이 음악이 거슬리지 않을 겁니다."

나는 그녀를 위아래로 훑어보았다. 뾰족하게 세운 머리, 피어싱한 눈썹, 두껍게 발라놓은 검은색 화장품. 얼굴은 예쁘장했다. 열여섯 살로 보이기도 하고, 서른여섯 살로 보이기도 했다. 그녀의 런던 말투에서는 아일랜드 악센트가 살짝 묻어나왔다. 본격적으로 아일랜드 사투리를 배워나가는 사람 같았다.

노력에 비해 성과는 별로인 듯했지만.

그녀가 마음에 들기 시작했다.

그녀의 왼쪽 팔에는 길고 묵직한 팔찌가 칭칭 감겨 있었다. 하지만 그것도 오래된 주삿바늘 자국들을 제대로 감춰주지 못했다.

"마약은 끊었습니까?"

"경찰이라도 되나요?"

"한때 그랬죠."

"뭐라고요?"

"한때 경찰이었다고요."

"빌어먹을."

나는 그렇게 캐서린 벨링엄을 처음 만나게 됐다. 그녀는 블랙박스의 곡들을 연주하는 록 밴드를 따라 골웨이에 왔다. 그들은 떠났지만 그녀는 남았다.

"난 노랠 불러요."

그녀는 곧바로 〈트로이〉를 부르기 시작했다. 무반주로 부르기에는 무리가 따르는 곡이었다. 나는 시너드 오코너의 팬은 아니었지만 그녀의 노래를 듣고 난 후로. 생각이 달라졌다.

캐시는 음울한 장송곡 같은 노래를 완벽히 소화해냈다. 그 노래를 듣는 건 놀라운 경험이었다. 나는 글라스를 살짝 들어 보였다.

"대단하네요."

그녀는 쉬지 않고 〈여자의 마음(A Woman's Heart)〉을 이어 불렀다.

물론 메리 블랙도 재평가가 필요하다.

마치 처음 듣는 곡을 감상하고 있는 듯했다.

노래가 끝나자 감탄하며 말했다. "실력이 대단하군요."

"그렇죠?"

나는 술을 따라주며 말했다. "천상의 목소리를 위하여."

그녀는 술을 입에 대지 않았다.

"이번 곡은 한 번도 불러본 적이 없어요. 하지만 지금 너무 취해서……."

다음 곡은 〈노 우먼, 노 크라이(No Woman, No Cry)〉였다.

나는 알코올의존자다. 이런 감정에 한없이 약하다. 그녀의 노래를 듣고 있노라니 독한 마리화나가 준비돼 있지 않다는 사실이 무척 애석하게 느껴졌다. 그녀의 노래는 마약에 취해 있는 듯한 기분을 느끼게 해주었다. 정확히 어떤 종류의 마약인지는 모르겠지만.

캐시가 노래를 멈추고 말했다. "쇼는 끝났어요."

나는 솔직한 평을 쏟아냈다. "지옥 가장 깊은 곳에 사는 이들만이 그런 순수한 목소리를 낼 수 있을 겁니다."

그녀가 고개를 끄덕이며 말했다. "카프카."

"누구요?"

"그가 했던 말이잖아요."

"그를 알아요?"

"이래 봬도 지옥에 대해선 빠삭하거든요."

통곡

아일랜드에는 이런 얘기가 있다. "도움을 원하면 가즈(아일랜드 공화국 경찰의 또 다른 별칭 – 옮긴이)를 찾아가라. 도움을 원치 않아도 가즈를 찾아가라."

그래서 나는 그들을 찾아갔다.

해고당한 후로 몇 개월에 한 번씩 이런 편지를 받아왔다.

법무부

안녕하십니까.

면직 조치 약관에 따라 모든 관물을 반납해주시기 바랍니다.

제복과 비품에 대한 조항 59347A를 참조하십시오.

확인 결과 8234번 아이템(전천후 제복 코트)이 아직 반납되지 않았습니다.

해당 아이템을 조속히 반납해주시기 바랍니다.

감사합니다.

B. 피너튼

나는 가장 최근에 도착한 편지를 구겨 멀리 떨어진 쓰레기통을 향해 휙 던졌다. 편지는 아쉽게도 표적을 빗나가 버렸다. 8234번 아이템을 걸치는 동안에도 밖에서는 비가 억수같이 내리고 있었다.

코트가 몸에 착 감기는 기분이 좋았다.

과거 직업과의 유일한 연결 고리.

반납이라니, 절대 안 되지.

옛 동료, 로스코몬 출신의 클랜시는 계급이 많이 올라 있었다.
나는 가르다 건물 밖에 서서 들뜬 마음을 애써 다스렸다.

깊은 숨을 한 번 들이쉬고 나서 안으로 들어갔다. 열두 살 정도
로밖에 보이지 않는 가르다가 물었다.

"어떻게 오셨습니까?"

세상에, 대체 내가 얼마나 나이를 먹은 거지?

"가르다 클랜시를 만나러 왔습니다. 그 친구의 정확한 계급은
모르겠고요."

젊은 가르다의 눈이 휘둥그레졌다. "클랜시 총경님 말씀하시는
겁니까?"

"그런 것 같군요."

젊은 청년이 의심의 눈빛으로 나를 쳐다보았다. "약속은 하고 오셨습니까?"

"잭 테일러가 왔다고 전해줘요."

그가 잠깐 머뭇거렸다. "확인해보겠습니다. 잠시만 기다려주십시오."

나는 시키는 대로 했다.

게시판을 찬찬히 훑어보았다. 우호적이고 평온한 공간을 연출하려 애쓴 흔적이 역력했다. 다 부질 없는 짓이었지만.

젊은 가르다가 돌아와 말했다. "총경님께서 B 취조실에서 보자고 하십니다. 제가 문을 열어드리겠습니다."

그가 문을 열어주었다.

방 안은 밝은 노란색으로 칠해져 있었다. 테이블 하나에 의자 두 개. 나는 용의자 자리에 앉았다. 코트를 벗을까 하다가 자칫하면 그들에게 압수당할 수도 있겠다는 생각에 그냥 걸치고 있기로 했다.

문이 열리고 클랜시가 들어왔다. 기억 속 모습과는 전혀 딴판이었다. 못 보는 사이 풍채가 많이 좋아져 있었다. 아니, 살이 디룩디룩 쪄 있었다. 총경다운 모습이랄까. 그의 불그스레한 얼굴은 탄력을 잃어 축 늘어져 있었다.

"오랜만이군."

나는 자리에서 일어나며 말했다. "총경님."

그가 흡족해하는 얼굴로 말했다. "앉아."

나는 다시 앉았다. 우리는 한동안 냉담한 얼굴로 서로를 쳐다보았다.

마침내 그가 물었다. "어떻게 왔어?"

"정보가 좀 필요해서."

"음."

나는 소녀와 소녀의 어머니가 요청해온 내용을 들려주었다.

"듣기로는 엉터리 탐정이 됐다고 하던데."

나는 말없이 고개만 끄덕였다.

"실망이군, 잭."

"어째서지?"

"비탄에 빠진 여자를 돈벌이로 이용하다니."

양심에 찔렸다. 그것은 사실이었다.

그가 고개를 저으며 말했다. "그 사건을 기억하고 있어. 자살이었지, 아마?"

나는 의문의 전화도 언급했다.

그가 한숨을 내쉬며 말했다. "자네가 걸었겠지 뭐."

나는 용기를 내어 물었다. "파일을 좀 봐도 될까?"

"어리석게 굴지 마. 그리고 술부터 좀 깨라고."

"그러니까 안 된다는 얘기지?"

그가 일어나 문을 열었다. 나는 퇴장하며 쿨하게 내뱉을 대사를 떠올려보았다. 아무것도 떠오르지 않았다. 젊은 가르다를 기다리는 동안 그가 말했다.

"가르다에 성가신 존재가 되진 마, 잭."

"이미 돼버렸는데."

나는 그로건스로 향했다. 그들에게 코트를 빼앗기지 않았다는
사실에 안도하면서.

카운터 뒤에서 숀이 물었다. "누가 자네 케이크를 먹기라도
했나?"

"저리 꺼져요."

나는 내 자리로 가서 풀썩 주저앉았다. 잠시 후 숀이 맥주와 체
이서(약한 술 뒤에 마시는 독한 술 – 옮긴이)를 들고 다가왔다.

숀이 물었다. "요즘도 술에 절어 사나?"

"그동안 일을 좀 했습니다."

"사건을 맡은 거야?"

"또 무슨 일이 있겠습니까?"

"그 여자 사정이 많이 딱하더군."

술기운이 조금씩 느껴지기 시작할 때 나는 숀에게 말했다. "아까 조금 예민하게 굴었던 거, 죄송합니다."

"조금이라고?"

"스트레스 때문이었어요. 스트레스만 받으면 예민해지거든요."

그가 성호를 그으며 말했다. "다행이군! 정말 이유가 그것뿐이었다면 말이야."

"사설탐정이 사건을 해결하는 걸 본 적 있어?
아마 한 번도 없을걸."

에드 맥베인

영화 속 주인공처럼 사는 이들이 있다. 서튼은 저질 영화 속 주인공처럼 살고 있다.

친구가 한 명일 때와 한 명도 없을 때의 차이가 무한대라는 얘기가 있다. 공감이 가는 말이다. 친구가 한 명이라도 있는 사람은 실패자가 아니라는 얘기도 있다. 이 또한 공감이 간다.

서튼은 내 친구다. 젊은 가르다 시절, 나는 국경 감시 업무를 맡았었다. 비는 거의 매일 내렸고, 업무는 따분했다. 화끈한 총격전이 그리워질 정도였다. 식사도 막사에서 차갑게 식은 소시지와 감자튀김으로 대충 때웠다.

스트레스는 술집에서 풀었다.

나는 항상 보더 인이라는 곳에서 술을 마셨다.

그곳에 처음 갔을 때 바텐더가 물었다. "경찰이죠?"

가슴이 철렁 내려앉았지만 나는 내색하지 않고 큰 소리로 웃음을 터뜨렸다.

"난 서튼이라고 합니다."

그는 알렉스 퍼거슨처럼 생겼다. 퍼거슨의 젊은 버전이 아니라, 요란했던 전성기 때 퍼거슨을 닮았다.

"가즈엔 왜 들어갔죠?"

"아버지를 자극하려고요."

"아, 아버지를 증오하는 모양이군요."

"아뇨, 난 아버질 사랑합니다."

"이해가 안 되는군요."

"테스트였습니다. 아버지가 날 말리실지 궁금했어요."

"말리시던가요?"

"아뇨."

"그게 확인됐으니 이젠 그만둬도 되겠군요."

"겪어보니 나쁘지 않더군요."

국경 감시 업무를 맡았던 몇 개월간 나는 툭하면 서튼의 술집으로 달려가 시간을 보냈다. 언젠가 우리는 사우스 아마의 클럽에 놀러 간 적이 있었다. 한번은 그곳으로 향하는 길에 나는 서튼에게 물었다.

"뭐가 필요하지?"

"아말라이트(자동 소총의 일종 – 옮긴이)."

당시 나는 8234번 아이템을 걸치고 있었다.

서튼이 물었다. "설마 춤추러 나가서도 그걸 펄럭이진 않겠지?"

"어쩌면."

"또 한 가지. 절대 입은 열지 마."

"뭐?"

"여긴 무법지대야. 자네의 기운 빠진 말투 때문에 분위기가 험악해질 수도 있다고."

"그럼 파트너에게 할 말이 있으면 어떻게 하지? 쪽지에 적어서 건네야 하나?"

"테일러, 우린 지금 클럽에 가는 거야. 그냥 조용히 술만 마실 거라고."

"분위기가 험악해질 것 같으면 경찰봉을 슬쩍 보여주지 뭐."

그날 밤은 재앙 그 자체였다. 커플들로 가득 찬 클럽. 매력적이지 않은 여자는 한 명도 찾아볼 수 없었다.

나는 서튼에게 말했다. "다들 짝이 있는데."

"당연하지. 북부니까. 그래도 혹시 모르잖아."

"그냥 술집으로 갈 걸 그랬나?"

"술집에선 이런 분위기를 못 느끼지."

밴드는 쇼밴드 시대 출신이었다. 파란 블레이저코트와 하얀 바지 차림의 남자 아홉 명이 나팔을 요란하게 불어댔다.

그들의 나팔은 군악대보다 많아 보였다.

그들의 레퍼토리는 허클벅부터 유로비전 히트곡들, 그리고 비치 보이스까지 다양했다.

사우스 아마의 눅눅한 클럽. 〈서핑 사파리〉를 열창하는 사람들 틈에 서 있다 보니 마치 지옥에 와 있는 듯한 기분이었다.

우리는 울퉁불퉁한 도로를 달려 집으로 향했다. 백미러에 우리를 미행하는 차량의 헤드라이트 불빛이 비춰졌다.

나는 말했다. "이런."

미행자들은 우리를 추월하기 위해 안간힘을 다하고 있었다. 하지만 노련한 서튼은 국경 근처에서 그들을 따돌리는 데 성공했다.

"그놈들 뭐지?"

"나쁜 놈들."

"그걸 어떻게 알아?"

"새벽 4시에 우릴 미행했잖아."

남아 있는 것이 항상
버려진 최악의 것은 아니다.

서튼이 골웨이로 이사를 왔다.

나는 물었다. "날 스토킹하는 거야?"

"당연하지."

그는 화가가 되겠다고 했다.

"차라리 술고래가 되는 게 쉽겠어."

사실 그에게는 재능이 있었다. 그 사실에 기뻐해야 할지, 아니
면 질투해야 할지 혼란스러웠다. 아마 둘 다였을 것이다. 그게 바
로 아일랜드 스타일이다. 작품이 하나둘씩 팔리기 시작하자 그는
점점 더 노골적으로 예술가 흉내를 냈다. 그는 클리프덴에 별장
을 마련했다. 솔직히 말하면 그가 한심해 보여서 그에게 내 생각

을 들려주었다.

그가 웃음을 터뜨리며 말했다. "난 그냥 포즈를 취하고 있을 뿐이야. 행복처럼 이것도 오래 지속되지 않는다고."

그의 말대로였다. 몇 개월 후 그는 다시 옛 모습으로 돌아왔다. 골웨이의 빗줄기가 그를 철들게 한 것이었다. 최악의 상태인 서튼은 최고의 상태인 대부분의 사람들보다 나았다.

클랜시를 만나고 나와서 곧바로 서튼에게 전화를 걸었다.

"나 좀 도와줘."

"무슨 일이야, 친구?"

"가즈!"

"역시 그놈들이 문제군. 대체 왜 그러는 거래?"

"날 도와주지 않겠대."

"그럼 빨리 무릎 꿇고 앉아서 신에게 감사 기도를 올려야지."

나는 그로건스에서 그와 만나기로 했다. 내가 도착했을 때 그는 손과 수다를 떨어대고 있었다.

"이봐!"

내 목소리에 손이 허리를 폈다. 전혀 민첩하지 않은 움직임. 그의 척추에서 우두둑 소리가 났다.

나는 말했다. "라독스(헤어케어 용품 - 옮긴이)가 필요해 보이는군요."

"내게 필요한 건 기적이야."

두 사람이 약속이라도 한 것처럼 기대에 찬 눈으로 나를 쳐다보았다.

나는 물었다. "왜요?"

그들이 입을 모아 말했다. "뭐 달라진 거 없어?"

나는 주변을 돌아보았다. 술집은 평소와 같은 모습이었다. 카운터 앞에 줄지어 앉은 우울한 얼굴의 손님들. 더 이상 의미 없는 꿈들에 여전히 목을 매고 있는 사람들이었다. 나는 어깨를 으쓱였다. 마흔다섯 살 단골에게는 쉬운 일이 아니었다.

숀이 말했다. "그새 눈이 먼 거야? 헐링 스틱 걸려 있던 곳을 보라고."

서른의 그림. 나는 그 앞으로 다가가보았다. 금발 여인이 인적 끊긴 거리에 서 있는 그림이었다. 골웨이 베이를 배경으로 그린 작품이라 해도 믿을 수 있을 것 같았다.

한 손님이 말했다. "난 헐링 스틱이 더 좋은데."

숀이 말했다. "천부적인 재능이 있는 친구야. 안 그래?"

그가 커피를 만들어오겠다며 사라졌다.

　　술을 넣은 것 한 잔.

　　그리고

　　술을 넣지 않은 것 한 잔.

"케니스에서 전시회를 열었었어. 저건 500기니에 팔려던 거였지."

"500기니!"

"그래, 굉장히 격이 있어 보이지. 마음에 들어?"

"골웨이 베이를 그린 거야?"

"제목은 '거리 모퉁이의 금발 여인'이야."

"오……."

"데이비드 구디스가 1954년에 발표한 범죄소설 제목에서 따왔지."

나는 한 손을 들어 보이며 말했다. "워크숍은 나중에 열자고."

그가 능글맞게 웃으며 말했다. "역시 자넨 구제불능이야."

나는 그에게 새로 맡은 사건에 대해 들려주었다.

그가 말했다. "아일랜드의 십대 자살률이 엄청나게 뛰었다고 들었어."

"알아, 안다고. 하지만 아이 어머니한테 걸려온 그 전화는……."

"정신병자의 소행이겠지 뭐."

"그런 것 같아."

술집을 나온 우리는 숍 가를 걸어 나갔다. 이슨스 앞에서 루마니아인 여자가 양철 피리를 불고 있었다. 나는 잠시 숨을 돌리는 그녀에게 다가가 몇 푼 쥐어주었다.

서튼이 말했다. "자네가 그러니까 저런 사람들이 여기서 득실대는 거야."

"그만 접고 들어가라고 준 거야."

그녀는 계속 피리를 불어댔다.

앤서니 라이언스 앞에서는 한 환경운동가가 횃불로 저글링 묘기를 선보이고 있었다. 공연 도중 실수로 횃불 하나를 떨어뜨렸

지만 그는 전혀 당황하지 않았다. 가르다 하나가 느릿느릿 다가
왔다. 서튼이 가볍게 목례하자 가르다가 우리에게 경례를 했다.

"안녕하십니까."

서튼이 호기심에 찬 얼굴로 물었다. "그렇지 않아?"

그가 무엇을 묻고 있는지 알 것 같았지만 나는 모르는 척했다.

"뭐가?"

"가즈 시절 말이야."

뭐라고 대답해야 하나…….

나는 말했다. "글쎄."

우리는 케니스로 들어갔다. 마침 패트릭 카바나를 슬쩍 바지에
집어넣으려던 서투른 좀도둑이 우리와 딱 마주쳤다.

그곳 주인 데스가 조용히 스쳐 지나가며 말했다. "원래 자리에
돌려놔."

그는 시키는 대로 했다.

우리는 1층을 가로질러 화랑으로 나갔다. 서튼의 작품 두 점이
진열돼 있었다. 그림에는 팔렸다는 스티커가 큼직하게 붙어 있
었다.

톰 케니가 말했다. "반응이 아주 좋습니다."

그것은 화랑에서 들을 수 있는 가장 기분 좋은 소리다.

나는 서튼에게 말했다. "이젠 생업을 그만두고 본격적으로 화
가의 길로 들어설 수 있겠군."

"생업이라니?"

우리 중 누가 그 답을 더 마음에 들어 했는지 판단하기가 쉽지 않았다.

그 후 며칠간은 조사에만 집중했다. '자살'을 지켜본 이들을 찾아보았지만 목격자는 끝내 나타나지 않았다. 교사와 학교 친구들도 만나보았지만 소득은 별로 없었다. 캐시 B가 중요한 단서를 찾아내지 못했다면 사건은 이걸로 접어야 했다.

금요일 밤, 나는 모처럼 조용히 있고 싶었다. 맥주 두 병, 그리고 감자튀김과 함께. 하지만 막상 주류 판매점에 도착해보니 맥주 생각이 싹 사라져버렸다. 나는 맥주 대신 위스키를 한 병 샀다. 블랙부시. 감자튀김도 잊지 않았다. 자세히 보니 대구 살 한 점이 감자 틈에 숨어 있었다. 뭔가 있어 보이게 하려고 일부러 넣은 듯했다.

식초에 전 감자튀김보다 사람의 기분을 돋워주는 게 과연 있을까? 기억도 나지 않는 어린 시절의 냄새. 내 집에 도착하자 부자연스러운 만족감이 찾아들었다. 현관 쪽으로 방향을 트는 순간 첫 번째 펀치가 날아들어 내 목에 떨어졌다. 곧바로 킥이 내 급소에 꽂혔다. 이유는 알 수 없지만 나는 끝까지 감자튀김을 손에서 놓지 않았다. 남자 두 명. 거구의 남자 두 명. 그들은 전문가의 솜씨로 나를 두들겨 팼다. 킥과 펀치는 정밀한 리듬에 맞춰 날아들었다. 적의는 실리지 않았지만 의지만큼은 분명히 느껴졌다. 코가 부러진 것 같았다. 분명 '오도독' 소리가 났다.

둘 중 하나가 말했다. "이 친구 손을 잡아. 손가락을 벌려놓고."

나는 안간힘을 다해 저항했다.

내 손가락은 도로 바닥에 얹어졌다. 차갑고 축축한 느낌이었다. 구둣발이 두 차례 내려와 내 손가락을 짓이겼다. 나는 목청이 터져라 비명을 질렀다.

마침내 구타가 멎었다.

또 다른 한 명이 말했다. "당분간 딸딸이는 못 치겠군."

내 귀 가까이에서 한 목소리가 말했다. "남의 일에 함부로 참견하는 거 아니야."

나는 울고 싶었다. "가즈에 신고해."

그들이 내게서 떨어져나갔다. 나는 이렇게 소리치고 싶었다. '감자튀김이 먹고 싶으면 너희 돈으로 사먹어!' 하지만 피로 가득 찬 입은 끝내 열리지 않았다.

종결을 앞둔 순간……

골웨이 대학병원에서 나흘간 입원해 있는 동안 나는 들락거리
는 고열에 시달렸다. 이곳 사람들은 아직도 이 병원을 '리지오널
(Regional)'이라고 부른다. 한때 이 병원으로 실려오는 순간 죽은
목숨이 돼버린다는 얘기가 돌았었다. 하지만 지금은 운이 좋아야
만 이곳으로 실려올 수 있다고들 한다.

옛 동네에서 알고 지냈던 여자가 말했다. "한때 위는 있지만 먹
을 게 없었던 시절이 있어요. 하지만 지금은 먹을 건 있지만 위가
없어요."

그리고 이런 말도 했다. "알코올중독 치료는 헛수고예요. 우리
땐 그냥 알몸으로 갇혀 지냈었죠."

이 말에 누가 토를 달겠는가?

이집트인 의사가 내 파일을 훑었다.

나는 물었다. "카이로?"

그가 성의 없는 미소를 지으며 말했다. "또 오셨군요, 테일러 씨."

"자발적으로 온 건 아닙니다."

병원 어딘가에서 라디오를 틀어놓은 모양이었다. 가브리엘의 〈라이즈〉가 흘러나오고 있었다.

그녀의 백업 밴드를 따라 〈천국의 문을 두드리다〉를 흥얼거리고 싶지만 입이 퉁퉁 부어 있어 그마저도 쉽지 않았다. 그녀가 다시 음악으로 돌아갔을 때 나는 그녀 전 남자친구 계부의 머리가 브릭스턴 쓰레기장에서 발견됐다는 소식을 접했다.

나는 의사에게 그 사실을 들려주고 싶었지만 그는 이미 사라져 버린 후였다. 간호사가 들어와 베개를 토닥여 부풀려주었다. 환자가 조금이라도 편안해하는 모습을 보이면 그들은 예외 없이 들어와 이 짓을 해댔다.

내 왼손에는 붕대가 두툼하게 둘러져 있었다.

"몇 개나 부러졌습니까?"

"손가락 세 개가 부러졌어요."

"코는요?"

그녀가 고개를 끄덕이며 말했다. "면회 온 분이 계세요. 만나보시겠어요?"

"그럼요."

나는 서튼이나 숀일 거라 생각했다. 하지만 병실로 들어온 이는 앤 헨더슨이었다. 내 몰골을 보자 그녀가 흠칫 놀랐다.

"나한테 맞은 놈들은 상태가 더 심각합니다."

그녀는 웃지 않고 가까이 다가오며 말했다. "나 때문인가요?"

"네?"

"새라 때문에 이렇게 된 건가요?"

"아뇨…… 아닙니다."

그녀가 종이 봉투를 로커에 내려놓으며 말했다. "포도를 좀 사 왔어요."

"스카치위스키나 뭐 그런 건 물론 없겠죠?"

"술은 절대 삼가야 해요."

그때 숀이 문간에 나타나 말했다. "맙소사."

앤 헨더슨이 몸을 숙여 내 볼에 입을 맞추며 속삭였다. "술 생각일랑 말아요."

그리고 병실을 나갔다.

숀이 조심스레 다가오며 말했다. "이번엔 또 누굴 화나게 만든 거지?"

"그게 내 직업이잖아요."

"가즈에 신고는 했고?"

"그들이 가즈였어요."

"농담하지 마."

"놈들의 구두를 똑똑히 봤습니다. 가즈가 분명해요."

"말도 안 돼!"

그가 침대 옆 의자에 앉았다. 그의 상태는 내 상태보다도 심각해 보였다. 그가 던스 쇼핑백을 침대에 내려놓으며 말했다.

"왠지 자네에게 필요할 것 같았어."

"술은 없습니까?"

〈테드 신부〉에 나오는 미친 신부가 된 기분이었다. 나는 쇼핑백 안을 잽싸게 훑어보았다.

오렌지 여섯 개

루코자드(영국의 스포츠 음료 – 옮긴이)

밀크 트레이 초콜릿

탈취제

잠옷

묵주

나는 묵주를 꺼내 들며 물었다. "대체 내 상태가 얼마나 심각하다고 들은 겁니까?"

그가 재킷 안에서 반쯤 남은 제임슨을 꺼냈다.

"아, 고마워요."

나는 병째 들고 위스키를 마셨다. 부러진 코가 시큰해졌다. 술은 내 심장과 손상된 늑골을 욱신거리게 만들었다.

나는 할딱거리며 말했다. "기가 막히네요."

어느새 숀은 꾸벅꾸벅 졸고 있었다.

나는 빽 소리쳤다. "이봐요!"

그가 깜짝 놀라며 정신을 차리더니 말했다. "실내 온도가……
세상에…… 이게 병실이야, 오븐이야?"

진통제의 부작용인지는 몰라도 자꾸 짜증이 났다.

나는 물었다. "서튼은 어디 있죠?"

숀이 내 시선을 피했다.

"왜요? 무슨 일인지 얘기해봐요."

그가 고개를 떨구고 무언가를 중얼거렸다.

"안 들려요. 자꾸 이러면 화낼 겁니다."

"불이 났었어."

"뭐라고요!"

"그 친군 무사해. 하지만 별장이 홀랑 타버렸어. 거기 보관된
그림들도 다 날아가 버렸고."

"언제요?"

"같은 날에. 자네가 이렇게 된 날에 말이야."

나는 고개를 저었다. 눈 뒤에서 위스키가 출렁거렸다.

"대체 어떻게 된 일이죠?"

그때 불쑥 나타난 의사가 말했다. "테일러 씨, 안정을 취하셔야
합니다."

숀이 일어나 내 어깨에 손을 얹었다. "이따 밤에 다시 올게."

"그땐 이미 여기 없을 겁니다." 나는 침대 밑으로 다리를 내려
뜨렸다.

의사가 깜짝 놀라며 말한다. "테일러 씨, 이러시면 안 됩니다."

"난 퇴원합니다. ADA…… 알죠?"

"ADA?"

"의사의 충고를 무시하겠다(Against the doctor's advice)는 거죠. 〈ER〉도 못 봤습니까?"

현기증도 술기운을 압도하지 못했다. 내 피는 기네스를 넣어달라고 아우성치고 있었다. 아예 통째로 들이부으라고.

숀이 근심 가득한 얼굴로 말했다. "잭, 경거망동하지 마."

"경거망동? 지금 그걸 충고라고 하는 겁니까?"

나는 택시를 타고 가겠다고 했다. 휠체어를 밀고 병실을 나서자 간호사가 말했다.

"정말 어리석은 분이시군요."

보석 같은 사람들

수녀는 퍼트리샤 콘웰을 읽고 있었다. 표지를 흘끔 살피는 나를 올려다보며 그녀가 말했다.

"난 캐시 라익스가 더 좋아요."

그 말에 어떻게 대꾸해야 할지 난감했다. 품위 있는 대꾸가 불가능한 상황이었다.

나는 물었다. "제가 너무 일찍 온 건가요?"

내 물음에 그녀는 마지못해 책을 내려놓으며 말했다.

"30분 정도 시간이 있네요. 원하신다면 좀 둘러보다 오세요."

나는 그렇게 했다.

클라라 동정회 수녀원은 도시 중심부에 자리하고 있다. 매주

일요일 5시 30분에는 라틴어 미사가 있다. 50년 진 느낌 그대로.

케케묵은 전통.

하지만 의식과 향 냄새와 라틴어 기도문은 확실히 위안을 준다.

왜 자꾸 그곳을 찾는지 나도 모르겠어. 믿음을 원한다면 경마 가이드를 집어 들면 되는데. 언젠가 캐시 B에게 그렇게 말한 적이 있었다. 그 후로 그녀는 틈만 나면 나를 괴롭혀댔다.

"대체 왜 이래? 혹시 영국의 이교도라도 되는 거야?"

"난 불교도예요."

"내 그럴 줄 알았지, 대체 어쩌다가?"

"내가 〈브라이즈헤드〉를 좋아해서 말이죠."

"뭐?"

"영국에서 가톨릭교는 특별한 소수만을 위한 종교예요. 에블린 워, 그레이엄 그린, 전부 개종했어요."

그녀는 나를 지치게 했다. 나는 수녀원 쪽으로 방향을 트는 그녀를 지켜보며 경고했다.

"적절한 복장을 갖춰야 해. 고스족 차림으로는 곤란하다고."

오늘 그녀는 바닥까지 내려오는 드레스 차림이었다. 아일랜드 은행 댄스파티에서는 환영받을지 몰라도 미사를 올리기에는 조금 무리가 있었다. 그때 그녀가 신은 닥터 마틴 부츠가 눈에 들어왔다.

"그거 닥터 마틴이잖아!"

"잘 닦았어요."

"하지만 파란색이잖아."

"수녀들도 파란색을 입는다고요."

"그걸 어떻게 알아?"

"〈신의 아그네스〉에서 봤어요."

그녀가 내 코와 깁스한 손가락을 유심히 살피며 눈썹을 추켜세 웠다. 나는 어떻게 된 일인지 들려주었다.

그녀가 말했다. "와우, 쿨한데요."

"뭐가?"

"그들이 날 찾아올까요?"

"'그들'은 없어. 그저 우연이었을 뿐이야."

"그렇다고 치죠 뭐."

종이 울렸다.

캐시가 물었다. "들어가서 뭘 어떻게 해야 하는 거죠?"

"나만 따라해."

"그랬다가는 여기서 쫓겨날 텐데요."

작은 성당 안은 따뜻하고 포근했다. 캐시가 성가 안내서를 집 어 들며 낄낄거렸다.

"노래를 부르네요."

"넌 그냥 가만히 있어."

하지만 이런 기회를 그냥 흘려버릴 그녀가 아니었다.

신도들이 일제히 성가대의 리드에 따라 노래를 부르기 시작했 다. 예상대로 캐시의 목소리가 가장 컸다.

성가가 끝나자 수녀 하나가 다가와 물었다. "가끔 일요일에 나와 노래를 불러주겠어요?"

내가 잽싸게 나섰다. "이 사람은 신도가 아닙니다."

캐시와 수녀가 못마땅한 표정으로 나를 쳐다보았다. 나는 슬그머니 밖으로 나와버렸다.

말라키 신부가 도착했다. 그는 자전거에서 내리기가 무섭게 담배에 불을 붙였다.

나는 말했다. "늦으셨군요."

그가 미소를 지으며 대꾸했다. "내가 뭘 놓쳤나요?"

말라키는 숀 코너리와 많이 닮았다.

그을린 피부

골프

이 두 가지만 빼면.

그를 친구라고 부를 수는 없었다. 사제들과 친구가 되는 건 쉽지 않다. 나는 어릴 적부터 그와 알고 지내왔을 뿐이다. 그가 성치 않은 내 몸을 훑어보며 말했다.

"아직도 술을 못 끊었어요?"

"이건 술과 상관없는 일이었습니다."

그가 담배를 꺼냈다. 메이저. 초록색과 하얀색의 담뱃갑. 노새의 발길질만큼이나 독하고 치명적인 담배다.

나는 말했다. "아직도 못 끊으셨군요."

"베티 데이비스도 그렇고요."

"그녀는 죽었잖아요."

"그게 바로 내가 하고 싶은 말입니다." 그가 수녀 두 명을 지켜보며 말했다. "보석 같은 사람들이에요."

"네?"

"저분들. 아무나 저렇게 될 순 없어요."

나는 주위를 살피며 물었다. "자살에 대한 교회의 요즘 입장은 어떻습니까?"

"세상을 하직할 준비를 하고 있는 모양이군요."

"농담이 아닙니다. 여전히 '절대 성지에 묻힐 수 없다'는 입장입니까?"

"아, 그동안 세상 물정에 많이 어두워졌군요, 잭."

"그게 답입니까?"

"아뇨, 이건 슬픈 사실입니다."

/

사실들

캐시 B와 나는 말 그대로 '외식'을 했다. 우리는 스페인 아치에
서 호수를 내려다보며 포장해온 중국 요리를 먹었다.

"보고할 준비가 됐어요." 그녀가 말했다.

"일단 식사부터 하자고."

"그래요."

나는 차우멘(잘게 다진 고기와 채소를 넣어 볶은 중국 국수 요리 – 옮
긴이)을 조금 떼어 백조들에게 던져주었다. 녀석들은 별로 반기는
것 같지 않았다.

술에 거나하게 취한 남자가 다가와 말했다. "5파운드만 줘요."

"1파운드는 줄 수 있습니다."

"유로만 아니면 돼요."

그는 우리가 먹고 있는 음식에 관심을 보였다. 나는 먹던 것을 그에게 내밀었고 한참을 망설이던 그가 음식을 받아 들며 물었다.

"외국 음식인가요?"

"중국 요리입니다."

"이걸 먹어도 한 시간 후면 또 배가 고플 겁니다."

"내가 준 돈이 있잖아요."

"아직 건강한 편이기도 하고."

그는 다음 표적인 독일인들 쪽으로 어슬렁어슬렁 걸어 나갔다. 독일인들은 다가오는 그를 카메라에 담았다.

캐시가 말했다. "보고를 시작하기 전에 이야기 하나 들려줘도 되나요?"

"물론이지."

그렇게 그녀의 이야기가 시작됐다. "아버진 평범한 회계사였어요. 그 왜, 이런 조크 있죠? '사교적인 회계사를 구별하는 법은? 그가 당신의 신발을 내려다보는지 확인하면 된다.' 아무튼 아버진 쉰 살까지 승진 한 번 못 하셨어요. 어머닌 잔소리를 엄청 쏟아내셨고요. 아버지에겐 똑같은 양복이 열 벌이나 있었어요. 어머닌 그걸 못마땅해하셨죠. 아버지를 '망나니'라고 부르기까지 하셨어요. 아무튼 아버진 항상 상냥함과 관대함으로 날 대해주셨어요. 내가 아홉 살 때 아버지는 알코올중독을 이유로 해고되셨어요. 어머닌 아버지를 쫓아내셨고요. 아버진 양복 열 벌을 챙겨

집을 나가셨어요. 그리고 워털루 역 지하 터널에서 노숙을 시작하셨죠. 양복을 걸치고 지내시다가 더러워지면 버리고 새 양복으로 갈아입기를 반복하셨어요. 마지막 양복을 걸치시고는 사우샘프턴발 9시 5분 열차 앞으로 뛰어드셨고요."

"급행."

"난 어머닐 따라 아버질 증오했어요. 하지만 어머니가 어떤 사람인지 깨닫고 나서는 아버질 이해하기 시작했죠. 언젠가 헤밍웨이의 어머니가 아들에게 그의 아버지가 자살했을 때 사용한 총을 보냈다는 얘길 들은 적이 있어요. 어머닌 고의로 악행을 저지를 분이 아니었어요. 어머니가 돌아가신 후 유품을 정리하다가 워털루에 도착하는 열차 시간표를 발견했어요. 아버지에게 먼저 손을 내밀려고 하셨던 것 같아요."

그녀는 울고 있었다. 그녀의 얼굴에서 떨어진 눈물이 커리가 묻은 면발을 적셨다. 유리창에 빗방울 떨어지는 소리가 났다. 나는 와인의 마개를 뽑아 그녀에게 건넸다.

그녀는 됐다고 손을 흔들어 보이며 말했다. "괜찮아요. 아직도 컴퓨터와 친하지 않죠?"

"그래."

"그럼 간단히 설명할게요. 몇 가지 아이템을 컴퓨터에 입력해 돌려봤어요. 지난 6개월간 발생한 십대 청소년 자살 사건들을 훑어보니 두 건이 걸려지더군요. 플랜터스라고 들어봤어요?"

"땅콩버터 만드는 회사 말이야?"

"아뇨. 에드워드 스퀘어 뒤편에 있는 대형 DIY 매장 있잖아요."

"새 던스 매장이 들어온 곳?"

"네."

"에드워드 스퀘어! 생각해봐. 골웨이 한복판이잖아. 완전 아일랜드 스타일인데."

그녀가 슬쩍 눈을 흘기며 보고를 이어나갔다. "자살한 아이들 중 세 명이 그곳에서 파트타임으로 일했어요."

"그래서?"

"그래서라뇨? 이상하잖아요. 그곳 주인 바르톨로뮤 플랜터는 스코틀랜드에서 이민을 왔어요. 로또에 당첨됐는지 돈도 엄청 많고요."

"그것만으론 부족해, 캐시."

"이게 다가 아니에요."

"계속해봐."

"누가 그 구내를 관리하고 있는지 맞혀봐요."

"모르겠는데."

"그린가드."

"그런데?"

"가즈가 그들 밑에서 부업을 해왔대요."

"오."

"그건 몰랐죠?" 그녀가 와인을 집어 들고 한 모금 넘긴 후 물었다. "이젠 어쩔 건가요?"

"플랜터 씨를 한번 만나봐야겠는데."

"포드 씨."

"포드?"

"거기 운영자예요."

"그럼 그 친구를 만나봐야겠군."

그녀는 한동안 호수를 내려다보았다. 그리고 불쑥 물었다. "떡
이나 치러 갈래요?"

"뭐?"

"똑똑히 들었으면서 왜 물어요?"

"넌 열아홉밖에 안 됐잖아."

"내가 해온 조사에 대해선 돈을 줄 거죠?"

"물론, 조만간 챙겨줄 거야."

"그럼 오늘은 나랑 놀아요."

나는 벌떡 일어나며 말했다. "다른 정보는 없고?"

"물론 있죠."

"뭔데?"

"플랜터 씨는 골프를 좋아해요."

"그게 뭐가 수상해?"

"그가 누구랑 골프를 치는지 알면 수상하다는 생각이 들걸요."

"누군데?"

"클랜시 총경."

나는 잽싸게 그곳을 빠져나왔다.

/

DIY

내가 가진 최고의 양복을 골라 입었다고 얘기하고 싶지만 그건 사실이 아니다. 내게는 양복이 딱 한 벌뿐이다. 2년 전 옥스팜(옥스퍼드를 본부로 하여 1942년에 발족한 극빈자 구제 기관 – 옮긴이)에서 산 것이다. 짙은 파란색이고 접은 옷깃은 가늘다. 그걸 입으면 사기꾼 같아 보인다. 필 콜린스의 뮤직 비디오를 기억하는가? 그가 1인 3역을 했던 바로 그 작품. 거기서 그가 걸치고 나왔던 양복과 똑같다. 그저 이 옷이 나를 필 콜린스 같아 보이게 만들어주지 않기만을 바랄 뿐이다. 10파운드도 되지 않는 양복이라면 말 다 했지.

물론 당시에는 옥스팜이 지금처럼 알려지지 않았다. 흰색 셔츠도 하나 있는데 불행하게도 짙은 남색 티셔츠와 같이 세탁해버렸다. 나는 그걸 액세서리 의상이라고 부른다. 넥타이는 도전적으로 보일 만큼 느슨하게 맨다. 그리고 갈색의 생가죽 구두. 남자의 스타일은 구두로 완성된다. 얼굴이 선명히 비칠 때까지 침을 발라 닦는 게 비결이다.

거울을 들여다보며 물었다. "이 친구가 파는 차를 살 의향이 있습니까?"

지금 장난해?

나는 서튼의 휴대폰으로 전화를 걸었다. 자동응답기 멘트가 흘러나오자 나는 메시지를 남겨놓았다. 그런 차림으로 시내를 걸으니 평범한 시민이 된 기분이 들었다. 하지만 어딘지 모르게 어색한 건 어쩔 수 없었다. 대수도원에 도착한 나는 잃어버린 것들의 발견자, 성 안토니오 앞 양초에 불을 붙였다. 나는 그에게 나 자신을 찾아달라고 요청하고 싶었다. 하지만 왠지 지나치게 극적인 요청 같아 그만두었다. 고해실로 향하는 사람들이 눈에 들어왔다. 나도 저들처럼 나 자신을 정화할 수 있다면 얼마나 좋을까.

밖으로 나오니 프란체스코회 수사가 아침 인사를 건넸다. 그는 건장하고 원기 왕성해 보였다. 내 나이 정도 돼 보였지만 얼굴에는 주름 하나 찾아볼 수 없었다.

나는 물었다. "여기 일이 마음에 드시나요?"

"주님이 하시는 일이죠."

그게 정답이었다. 나는 에드워드 스퀘어로 향했다. 던스 매장으로 들어가 형편상 도저히 구입할 수 없는 고가의 셔츠 여섯 장을 보았다. 매장을 나와 플랜터스로 들어섰다. 한때 주차장이었던 그곳은 엄청나게 큰 공간이었다. 프런트에서 포드 씨를 만나러 왔다고 말했다.

여직원이 물었다. "약속은 하셨나요?"

"아뇨."

"알겠습니다."

알긴 뭘 알아? 그녀는 포드의 사무실로 전화를 걸어 알렸고, 포드는 나를 만나주겠다고 했다. 나는 엘리베이터를 타고 5층으로 올라갔다. 그의 사무실은 의외로 수수했다. 그는 누군가와 통화를 하고 있었다. 그가 의자에 앉으라고 손짓했다. 땅딸막하고 머리가 벗어진 그는 아르마니 양복을 걸치고 있었다. 그에게서는 억제된 기운이 뿜어져 나왔다. 그가 수화기를 내려놓고 나를 돌아보았다.

"시간 내주셔서 감사합니다. 잭 테일러라고 합니다."

그가 살짝 미소를 짓자 작고 누런 이가 드러났다. 양복은 고급인데 치아 상태는 형편없군. 그의 미소에서는 따스함이 전혀 묻어나오지 않았다.

"그 이름에 무슨 특별한 의미라도 있는 것처럼 자신을 소개하는군요. 하지만 내겐 아무 의미 없습니다."

나도 미소를 지어 보이고 싶었다. 울트라 브라이트 치약의 효과를 확실히 보여주고 싶었다.

"전 새라 헨더슨 사건을 조사하고 있습니다."

"경찰인가요?"

"아닙니다."

"공식적인 입장에서 수사를 하고 있는 겁니까?"

"전혀요."

깔끔한 대답에 상쾌함마저 느껴졌다.

"그럼 나도 당신 질문에 답할 의무가 없는 거군요."

"그래도 협조해주시면 감사하겠습니다."

그가 책상을 돌아 나와 면도날 같은 바지 주름을 매만진 후 책상 가장자리에 걸터앉았다. 그의 발은 바닥까지 내려오지 않았다. 그는 발리 구두를 신고 있었다. 내 형편으로는 꿈도 못 꿀 구두다. 그리고 화려한 패턴의 아가일 양말.

그가 말했다. "내가 당신을 쫓아내선 안 되는 이유가 있다면 듣고 싶군요."

말하기를 좋아하는 친구였다. 자신의 음성에 굉장한 매력을 느끼는 모양이었다.

"이곳에서 일했던 소녀 세 명이 자살했다는 사실을 알고 계십니까?"

그가 자신의 무릎을 탁 치며 말했다. "내가 수백 명에 달하는 직원들에 대해 일일이 알고 있을 것 같습니까? 그리고 어떻게 그들 모두가 영생을 누릴 수 있겠습니까?"

"그 소녀를 알고 계셨습니까?"

나는 그의 웃음소리를 듣기 전까지 조롱의 진정한 의미를 모르고 살았었다.

그가 말했다. "알 리 없죠."

"그래도 한번 기억을 더듬어주시겠습니까? 소녀의 어머니를 위해서라도."

그가 책상에서 내려와 인터폰 버튼을 누르며 말했다. "리, 새라 헨더슨의 파일을 찾아줘요."

그가 다시 책상에 걸터앉았다. 그는 긴장이 완전히 풀린 상태였다.

나는 말했다. "대단하시군요."

"인터폰 말입니까?"

"아뇨, 머리 한번 굴리지 않고 소녀의 이름을 떠올리신 거 말입니다."

"그래서 내가 3,000파운드가 넘는 양복 차림으로 이 자리를 지키고 있는 거 아니겠습니까? 그래서 당신은…… 뭐랄까…… 땡처리 누더기를 걸치고 있는 거고."

비서가 얇은 폴더를 들고 들어왔다. 포드가 코안경을 꺼내 들고 신음을 토해내기 시작했다.

음…… 음……

흠…… 음……

아……

그가 파일을 덮으며 말했다.

"그 아인 너무 게을렀습니다."

"네?"

"성실하지 못했단 말입니다. 그래서 잘라버렸습니다."

"그게 전부입니까?"

"그렇습니다. 그 앤, 그러니까, 부적응자였어요. 여기서 미래가 없는 아이였다고요."

나는 자리에서 일어나며 말했다. "정확히 짚으셨습니다. 그 아이에겐 미래가 전혀 없죠."

······누가 느끼는 적막감이든
한계는 있다.

서튼은 스케프에서 지내고 있었다. 골웨이의 거의 모든 곳이 그렇듯 스케프 역시 최근에 개조됐다. 이곳의 모든 공간이 '고급 아파트'로의 변신을 꿈꾸고 있다.

서튼은 카운터에 앉아 기네스를 홀짝이고 있었다.

나는 말했다. "이봐."

그는 아무 말이 없었다. 그저 턱으로 부상 입은 부위들을 가리킬 뿐이었다.

나는 그의 옆자리에 앉아 바텐더에게 맥주 두 잔을 주문한 후 말했다. "코라를 기억해?"

내 질문에 그가 고개를 저었다. "난 여기 출신이 아니잖아. 잊었어?"

주문한 술이 도착했다. 내가 돈을 꺼내려 하자 서튼이 말했다.

"내 앞으로 달아놔."

"외상 장부도 있어?"

"예술하는 사람들은 다 그래. 특히 나 같은 페인들은."

나는 단도직입적으로 말했다. "내가 이렇게 된 거랑 네가 그렇게 된 게 아무 연관이 없다고 생각했었어. 그저 우연일 뿐이라고 생각했는데."

"그런데 지금은?"

"이 모든 게 계획적으로 벌어진 일들 같아. 미안해. 괜히 나 때문에……."

"나도 미안해."

잠시 침묵이 흘렀다. 그가 다시 입을 열었다.

"어떻게 된 일인지 다 들려줘."

나는 그가 원하는 대로 해주었다.

생각보다 시간이 많이 소요됐다. 빈 술잔이 빠르게 늘어갔다. 내가 설명을 마치자 그가 말했다.

"개자식들."

"그보다 더 나쁜 놈들이야."

"증거는 있고?"

"아니."

나는 그에게 그린가드 경비회사에 대해서도 들려주었다.

"그들은 가즈를 경비로 고용하고 있어."

"그게 어때서? 무슨 생각을 하고 있는 거지?"

"날 덮친 놈들이 거기 있는지 확인해봐야겠어."

"그런 다음엔?"

"복수해야지."

"멋진걸. 나도 끼워줘."

"플랜터 씨도 한번 만나봐야 할 것 같아. 그와 포드, 둘 중 하나가 그 아일 죽인 게 분명해. 난 그 방법과 이유를 알고 싶어."

"플랜터는 엄청난 갑부잖아."

"그렇더군."

"음흉한 친구 같은데."

"내 말이."

그가 남은 술을 단숨에 들이켰다. 그의 입술 위에 하얀 거품이 콧수염을 남겨놓았다.

"그 친구가 그림에 관심이 있을까?"

"그거 좋은 생각이야."

"내가 한번 알아볼게."

"좋아."

"가서 요기나 할까? 아니면 여기서 술을 더 할까?"

"술이 낫겠어."

"바텐더!"

...... 매일 드러날 진짜 모습을 걱정하고
시간의 눈금에는 흉터가 남는다.

다음 날 내 상태는 말이 아니었다. 평범한 숙취가 아니라 숙취의 보스쯤 되는 것 같았다. 차라리 죽는 게 낫겠다는 생각이 들 정도였다.

정오가 다 되어서야 가까스로 정신을 차릴 수 있었다. 어제 오후 4시 이전의 일들은 아직도 생생히 기억할 수 있다. 하지만 그후의 일들은 네이팜탄에 맞기라도 한 듯 깨끗이 지워져버렸다. 서튼과 내가 오넥탄스로 자리를 옮긴 것까지는 기억에 남아 있었다.

그리고 희미한 기억의 조각들.

노르웨이인들과의 라인 댄스.

그곳 기도와의 팔씨름.

더블 잭 다니엘스.

내 옷은 구겨진 채 창가에서 나뒹굴고 있었다. 의자 밑에는 늦은 밤에 싸온 음식이 먹다 남은 채로 놓여 있었다. 감자튀김과 토사물로 덮인 닭 날개 튀김.

맙소사!

속을 비워낸 흔적도 남아 있었다. 아침 기도의 흔적. 변기 앞에 꿇어앉아 행하는 오래된 의식.

튀포드!

확실히 튀포드 변기들이 내구성이 좋다.

산발적으로 헛구역질이 올라왔다. 내장이 흉강으로 솟구쳐 오르는 기분이었다. 흉강. 뭔가 있어 보이는 단어다. 의학적으로 해박하다는 인상도 주고.

내게는 해장술이 필요했다. 한두 잔으로는 어림도 없을 것 같았다. 하지만 무작정 해장술을 들이부었다가는 아까운 며칠을 더 허비하게 될 게 뻔했다. 지금은 복수와 악당들을 잡는 일이 더 시급하다. 나는 떨리는 손으로 마리화나를 말기 시작했다. 언젠가 서튼이 챙겨준 것이었다. 당시에 그는 말했었다.

"블루 아틀라스 산에서 재배한 거래. 귀한 거니까 경건한 마음으로 피워야 해."

아무리 애를 써도 잘 말아지지 않았다. 찬장에서 상한 체리 머핀을 꺼내와 속을 긁어냈다. 마리화나를 은박지에 담아 뜨겁게

데운 후 머핀 안에 대충 채워 넣고 그걸 다시 전자레인지에 넣고 데웠다.

내가 봐도 한심했다. 충분히 식힌 후 머핀을 한입 베어 물었다. 나쁘지 않았다. 물을 홀짝이며 가까스로 머핀을 해치워버렸다.

뒤로 물러나 앉아 어떤 반응이 오는지 기다렸다.

궤도.

해시 쿠키는 우주여행에 있어 필수라지? 어쩐지 그 이유를 알 것 같았다.

긴장이 풀렸다. 정신은 튤립 밭을 조심스레 돌고 있었다. 나는 큰 소리로 말했다. 아니, 내가 정말 그랬나? "사랑할 수밖에 없는 인생이여."

내 상태는 온전함에서 크게 벗어나 있었다. 시간이 얼마나 흘렀을까, 허기가 지기 시작했다. 나는 토사물에 전 닭 날개 튀김을 돌아보았다. 그때 먹다 만 냉동 피자가 떠올랐다. 부랴부랴 데워 허겁지겁 먹었다. 반쯤 먹었을 때 쏟아지는 잠에 못 이겨 다시 쓰러졌다. 나는 그렇게 여섯 시간 동안 일어나지 못했다. 마치 '호텔 캘리포니아'에 와 있는 기분이었다.

다시 정신을 차리고 보니 숙취가 많이 사라져 있었다. 완전히 가시지는 않았지만 견딜 만했다. 샤워를 하고 조심스레 면도한 후 비디오 선반으로 향했다. 모은 영화는 많지 않지만 있어야 할 건 다 있다.

파리, 텍사스

원스 어폰 어 타임 인 더 웨스트

선셋 대로

이중 배상

커터스 웨이

독 솔저스

1976년, 뉴턴 손버그는 《커터와 본》이라는 작품을 발표했다. 1960년대의 타락한 생존자 세 명이 한 집에 살게 된다. 베트남에서 부상을 입은 미치광이 커터. 징병을 피하기 위해 학교를 중퇴한 본. 어머니이자 광장공포증에 시달리는 알코올의존자, 모. 그들이 뭉쳐 어린 매춘부의 죽음을 파헤친다. 그 과정에서 거물들을 자극하게 되고, 결국 모와 그녀의 아이는 죽음을 맞이한다.

커터와 본은 사건 배후의 자본가를 추적한다. 본에 의하면, 커터는…….

절망의 포악성을 가지고 있었다. 그래서 어떤 아이디어나 상황에 반응할 때도 절대 웃음만은 보이지 않았다. 그의 정신은 왜곡이 왜곡을 반사하는 거울로 만든 집 같았다.

커터는 이 두 가지를 빼면 시체다.

절망

냉소

로버트 스톤은 1973년에 《독 솔저스》를 발표했다. 칼 라이츠는 1978년에 이 작품을 각색해 시나리오를 썼다.

이 영화 역시 타락한 세 사람을 그리고 있다.

마지는 약에 중독돼 있다. 그녀의 남편 존 컨버스는 종군기자이고, 힉스는 마약 딜러다. 친구를 지방검사에게 팔아넘긴 존 컨버스는 공포가 자신에게 굉장히 중요하다는 사실을 깨닫게 된다. 도덕적으로 얘기하면, 그것은 그의 삶의 주성분이다. 나는 두렵다. 고로 나는 존재한다.

악당과 요원들에게 쫓기던 힉스는 히피 동굴에서 숨을 거둔다. 동굴 벽에는 이렇게 적혀 있다.

은유는 없다.

나는 그 영화들을 연이어 감상했다. 예상대로 기분은 전혀 나아지지 않았다.

"방금 지나온 문에서 오래된 주트 슈트와
흰색 카우보이모자 차림의 남자가 나왔다.
우리는 바위 위를 미끄러져가는
두 마리 도마뱀처럼 서로를 훑어보았다."

월터 모즐리, 《하얀 나비》

아침 11시, 나는 에어스퀘어의 벤치에 앉아 있다. 일요일 밤의 잔해가 아직도 보인다. 동이 트기 전, 특히 4시에 이곳은 교전 지역으로 돌변한다. 클럽과 패스트푸드점들이 연신 젊은이들을 게워내기 때문이다.

여기저기서 싸움이 벌어지고 고함이 터져 나온다.

광장 한구석에는 퍼드릭 오 코네라의 조각상이 세워져 있다. 그들은 조각상의 머리를 잘라가 버렸다. 2년 전 크리스마스에는 건달 하나가 오두막에 불을 지르기도 했다.

이곳 공중화장실에서는 한 젊은 남자가 피살되기도 했다.

그 사건으로 도시 전체가 약탈적 입장을 취하게 됐다.

성과는 하나도 없었고!

내 재킷에는 너덜거리는 리처드 파리나의 《밑바닥에 오래 있으니 마치 위에 올라온 것 같아요》가 들어 있다. 빛바랜 초록색 표지. 재킷에는 〈익스터미네이터〉의 로버트 진티만큼이나 주머니가 많다. 로버트 파리나는 조앤 바에즈의 매부였다. 마약만 아니었어도 훌륭한 작품을 많이 남겼을 텐데. 나는 머릿속으로 목록을 정리해본다.

자렐

파베제

플라스

자렐은 카리브 순양함에서 뛰어내렸다.

그리고

귀스타브 플로베르 (1849년)

몸은 계속 여정을 이어가지만

내 생각은 계속 되돌아와

과거에 스스로를 파묻는다.

나는 아일랜드어로 툭 내뱉는다. "아, 오콘."

신세대 여행자가 다가와 벤치 끝에 앉는다. 나는 스티로폼 컵에 담긴 카푸치노를 홀짝이고 있다.

초콜릿을 뿌리지는 않았다. 초콜릿은 질색이다.

여행자는 이십대 중반쯤으로 보인다. 수많은 팔찌로 뒤덮인 팔뚝.

그녀가 말한다. "카페인이 얼마나 해로운지 알아요?"

대답이 무의미한 질문이다.

"내 말 안 들려요?"

"들려. 그래서 어쩌라고?"

그녀가 내 쪽으로 살짝 다가오며 묻는다. "말투가 왜 그래요?"

파출리(인도산 박하의 일종 ─ 옮긴이) 향기가 확 풍겨온다. 나는 그녀의 히피스러운 태도를 부셔보기로 한다.

"꺼져."

"왜 내게 적의를 보이는 거죠?"

나는 식어버린 커피를 내려놓는다.

그녀가 묻는다. "혹시 어렸을 때 집에 빨간 융단이 있지 않았나요?"

"뭐?"

"풍수에 따르면 빨간 융단이 아이를 과격하게 만들 수 있대요."

"우리 집은 리놀륨이었어. 토사물 같은 갈색이었지. 집에 딸려 온 거야."

"오."

나는 자리에서 일어난다.

그녀가 묻는다. "존이 죽었을 때 어디 있었죠?"

"침대에."

"바다코끼리는 절대 죽지 않아요."

"웃기는 소리 마."

나는 잽싸게 벤치에서 벗어난다. 뒤를 돌아보니 내가 두고 온 카푸치노를 게걸스럽게 마시는 그녀의 모습이 눈에 들어온다.

갑자기 소변이 급해져 용기를 내어 공중화장실로 들어간다. 화장실에서는 아이들이 술 파티를 벌이고 있다. 이 공간은 소아성애자 일당이 범행을 저지른 후로 악명이 높아졌다. 두목으로 보이는 녀석이 소리쳤다.

"한잔할래요?"

당연히 하고 싶지만 나는 마음에도 없는 답을 내놓는다.

"아니, 고맙지만 사양할게."

그린가드와의 미팅은 12시 30분으로 잡아놓았다. 아직 죽여야 할 시간이 조금 남았다. 거울을 들여다보니 산발이 된 머리가 눈에 들어온다.

나는 밖으로 나오며 말한다. "수고들 하라고."

아이들이 입을 모아 말한다. "그럼 들어가십시오."

키 가를 벗어나니 오래된 이발소가 나타났다. 손목시계를 들여다보며 생각한다. 어차피 남는 시간…….

다른 손님은 없다. 이십대 후반으로 보이는 남자가 《더 선》을 한쪽으로 치우며 말한다.

"어서 오십시오."

"안녕하세요."

그의 말투에서는 영국 악센트가 진하게 묻어 나온다.

나는 묻는다. "원래 여기, 힐리스 아니었나요?"

"네?"

그는 나를 '선생님'이라고 부르지는 않았지만 그렇게 불러도 어색하지 않을 것 같았다.

나는 말했다. "번호는 잊어버렸는데, 3번이면 괜찮을 것 같네요."

"정말요?"

"베컴은 1번 아니었습니까. 그래서 3번 정도면 무난하지 않을까 싶네요."

그가 앉으라고 손짓하자 나는 의자로 다가가 앉았다. 거울 속 내 모습을 보지 않으려 애쓰면서.

나는 물었다. "런던 출신인가요?"

"하이버리 출신입니다."

나는 하이버리 악센트가 최악이라고 얘기해주고 싶었지만 꾹 참았다.

"그곳 날씨가 기가 막힌다는 얘길 들었어요."

음악이 요란하게 흘러나오고 있었다.

"조이 디비전입니다. 1979년에 발표한 〈알 수 없는 쾌락〉이죠."

나쁘지 않았다. 아무렇게나 섞인 세련됨과 흉포함이 활기 없는 내 감성을 자극했다.

"괜찮네요."

"그렇죠? 괜찮은 친구들입니다. 20년 전 이언 커티스가 스투지스 앨범을 틀어놓고 위스키를 마시며 TV로 베르너 헤어조크 영화를 보다가……."

그의 말이 뚝 멎었다. 왠지 펀치라인은 유쾌할 것 같지 않았다. 하지만 어색해지지 않으려면 그것이 무엇인지 물어보는 수밖에 없었다.

"그래서 어떻게 됐죠?"

"주방으로 들어가 옷걸이에 목을 매 죽었습니다."

"말도 안 돼."

그가 내 머리를 자르다 말고 고개를 떨어뜨렸다. 침묵의 순간.

"이유가 뭐였죠?"

"모르겠어요. 바람을 피우다 걸려 결혼생활을 정리해야 했고, 건강도 좋지 않았죠. 밴드의 엄청난 성공도 그에겐 부담이었을 거고…… 젤 발라드릴까요?"

"그게 낫겠습니까?"

"괜찮을 것 같은데요."

"그럼 조금 발라볼까요?"

그는 젤을 발라주었다.

이발소를 나오면서 나는 그에게 후한 팁을 줘어주었다.

"감사합니다."

"아뇨, 오히려 내가 고맙죠."

나는 이른 아침에 경비회사에 전화를 걸었었다. 가짜 이름을
대고 일자리를 찾고 있다고 둘러댔다.

그들이 물었다. "경력은 있습니까?"

"군에 있었습니다."

"잘됐군요."

나는 그곳 직원 중 나를 아는 이가 있는지 확인하고 싶었다. 만
약 있다면 그때부터는 알아서 대충 둘러대야 했다. 최악의 시나
리오는 그곳에 덜컥 채용되는 것이다.

가는 길에 나는 지바고 레코드에 들렀다. 그곳 매니저 데클란
은 드물게도 갤러웨이 출신이었다.

"어떻게 지냈어?"

"그럭저럭."

"아니, 머리 꼴이 그게 뭐야?"

"3번 스타일이야."

"형편없는데. 뭘 그렇게 처발랐지?"

"젤."

"정말 안 어울려."

"레코드를 사러 온 거야. 잡담하러 온 게 아니라."

"성미 급한 건 여전하군. 뭘 찾는데?"

"조이 디비전."

그가 큰 소리로 웃음을 터뜨렸다. "자네가?"

"대체 팔 생각이 있는 거야, 없는 거야?"

"편집 앨범이 있긴 해."

"그걸로 줘."

그가 몇 파운드 깎아주었다. 툴툴대며 몇 마디 받아준 것에 대한 사례인 듯했다. 나는 밖으로 나와 깊게 한 번 숨을 들이쉬며 중얼거렸다.

"어디 한 번 시작해볼까?"

린다가 그의 팔뚝에 손을 얹었다.

'굳이 이럴 것까진 없어요.'

그가 흠칫 놀라며 그녀를 돌아보았다.

'우린 다음에 무슨 일이 벌어질지 확인해야 하잖아. 안 그래?'

'깜빡 잊었어요.' 린다가 말했다. '당신이 날 이용해먹고 있다는 사실. 난 그저 영화로 만들 아이디어에 지나지 않는다는 사실.'

칠리가 말했다. '우린 서로를 이용해먹고 있는 거야.'

엘모어 레너드, 《비 쿨(Be Cool)》

경비회사 사무실은 로워 애비게이트 가에 자리하고 있었다. 나는 안으로 들어갔다. 프런트 직원이 잠시 기다리라고 했다.

"레이놀즈 씨가 곧 부르실 겁니다."

하지만 의자에 앉자마자 그녀가 나를 불렀다. 안으로 들어가자 책상 뒤의 남자가 흠칫 놀랐다. 나는 그의 손을 쳐다보았다. 그의 손가락 마디에는 멍자국과 상처가 나 있었다. 우리는 잠시 서로를 빤히 쳐다보았다.

나는 말했다. "놀랐나?"

육중한 그가 벌떡 일어나며 말했다. "현재 빈자리가 없습니다."

"안타깝군. '청원 깡패' 자리를 원했는데."

"무슨 얘길 하는지 모르겠군요."

나는 붕대 감긴 손가락을 들어 보이며 말했다. "이거 당신 작품이잖아."

그가 책상을 돌아 나오려 했다.

나는 말했다. "배웅하지 않아도 돼."

프런트 직원이 수줍은 미소를 지으며 말했다. "채용되셨나요?"

"그건 아니지만 일은 잘 봤습니다."

밖으로 나와 심호흡을 했다. 연결 고리는 확인됐지만 확실한 단서는 아니었다. 나는 서튼에게 전화를 걸어 보고했다.

"적어도 진전이 있으니 다행이네."

"이대로 밀고 나가면 어떻게 될까?"

"지옥이 나오겠지 뭐."

"별로 낯설진 않을 거야."

그날 저녁, 집으로 돌아온 나는 맥주 여섯 병을 차례로 해치웠다. 초인종이 울렸다. 나가 보니 위층에 사는 은행 직원 린다였다.

"대체 어떻게 된 거예요?"

"그냥 좀 긁혔습니다."

"술 때문이겠죠, 뭐."

"무슨 일로 온 겁니까?"

"오늘 밤에 친구 몇 명을 초대해 파티를 열 거예요."

"그래서 날 초대하게요?"

"네, 하지만 알아둬야 할 룰이 있어요."

"이따 갈게요."

나는 문을 닫았다. 다음 맥주병을 땄을 때 초인종이 다시 울렸다. 초대 취소 통보일 것 같았다. 나는 문을 열었다. 이번에는 앤 헨더슨이었다.

"아!"

"다른 사람을 기대했나 보죠?"

"아뇨, 그게 아니라…… 일단 들어오세요."

그녀의 손에는 쇼핑백 몇 개가 들려 있었다.

"식사다운 식사가 그립지 않았나요? 왠지 그럴 것 같아서요. 하지만 먼저 콜라다부터 한 잔 마셔야겠어요."

"피냐 콜라다?"

그녀가 무시하는 듯한 표정으로 말했다. "샷 글라스 안에 카페인과 설탕을 가득 채워 마시는 거죠."

"스카치 한 잔 마셔도 같은 효과를 볼 수 있을 겁니다."

그녀는 다시 나를 흘겨보더니 주방으로 들어갔다. 침실 두 개짜리 집에서 주방을 찾기는 어려운 일이 아니다. 그녀가 흠칫 놀랐다.

"어머…… 세상에!"

"미안해요. 청소할 겨를이 없었어요."

"들어와요. 와인을 따야겠어요."

나는 주방으로 들어갔다.

그녀는 이미 쇼핑백 안의 것을 꺼내놓은 상태였다. 그녀가 냄비들을 훑으며 물었다.

"스파게티 좋아해요?"

"좋아하면 안 되나요?"

"저녁으로 먹을 거예요."

"좋죠."

그녀는 와인을 따른 후 내게 나가라고 지시했다. 나는 거실에 앉아 맥주를 마저 비웠다. 맥주 위로 와인을 들이붓고 싶지는 않았지만 나도 모르게 이 한마디가 내뱉어졌다.

"에라 모르겠다."

짧은 버전의 평온 기도인 셈이었다.

30분 후 우리는 음식이 수북이 쌓인 식탁에 앉아 있었다.

그녀가 물었다. "감사 기도 할까요?"

"뭐, 해서 나쁠 건 없겠죠."

"이 음식과 술을 주셔서 감사합니다, 주님."

나는 고개를 끄덕였고, 최대한 품위 있게 식사하려 애썼다.

그녀가 고개를 저으며 말했다. "잭, 스파게티를 우아하게 먹는 방법은 없어요. 그냥 뚝뚝 흘리면서 먹어요. 이탈리아인들처럼 말이에요."

인정하고 싶지는 않지만 그녀가 내 이름을 불러주는 게 나쁘지 않았다. 나는 긴장을 풀고 게걸스럽게 식사를 해나갔다.

그녀가 나를 지켜보며 말했다. "남자가 먹는 걸 지켜보는 게 얼마나 기분 좋은 일인지 잊고 살았어요."

와인도 생각보다 나쁘지 않았다.

"파티 좋아해요?"

"네?"

"위층, 이웃집 여자…… 그녀는 날 별로 좋아하지 않아요. 하지만 당신을 보면 깜짝 놀랄 겁니다."

"어째서죠?"

"당신은 사람을 잘 놀라게 하니까요."

그녀가 일어나며 물었다. "후식 할래요?"

"아뇨, 배가 터질 것 같습니다."

나는 아일론(AYLON)이라고 적힌 회색 스웨트 셔츠를 걸치고 있었다. 'W'는 이미 오래전에 지워져버렸다. 나는 닳아 해진 코르덴 바지와 뒤바리 단화도 걸치고 있었다. 꼭 광고에서 튀어나온 사람 같아 보였다. 복고풍 갭.

앤은 빨간색 스웨트 셔츠 차림이었다. 로고는 보이지 않았다. 그리고 색 바랜 청바지와 리복 운동화. 그녀와 함께 주택 융자 광고를 찍으면 좋을 것 같았다. 물론 이런 생각은 입 밖에 내지 않았다.

"파티에 갈 옷차림은 아니잖아요."

"편하게 입었으니 좋죠 뭐. 우릴 편해 보이는 중년 커플로 생각할 겁니다."

그녀는 내 말에 상처를 받은 것 같았다. 그래서 잽싸게 수습에 들어갔다.

"한 잔 더 할래요?"

"왜 술을 많이 마시는 거죠?"

내가 기대했던 무난한 밤이 아니었다. 나는 책장에서 손때 묻은 책을 한 권 뽑아 들고 즐겨 들춰보는 구절을 찾아냈다. 그리고 그녀에게 건네며 말했다.

"한번 읽어봐요."

그녀는 잠자코 내가 가리킨 구절을 읽었다.

항상 똑같다. 정신을 차리고 주위를 둘러보면 우리가 사랑하는 이들에게 남겨놓은 상처들이 뚜렷하게 보인다. 그리고 그 상처들은 우리가 스스로에게 입힌 상처들보다 훨씬 깊다. 내가 했던 거의 모든 일에 대해 유감도, 후회도 없지만 만약 이런 감정들이 고스란히 보관돼왔다면 아마 그 자각 속에 담겨 있지 않았을까? 그것은 어두웠던 과거로 되돌아가는 걸 충분히 막을 수 있지만 실제로 그래주는 경우는 무척 드물다.

앤서니 로이드, 《지나간 전쟁을 그리워하며》

나는 침실로 들어가 3번 스타일 머리를 유심히 살폈다. 젤은 아직도 딱딱하게 굳어 있었다. 대충 머리를 감고 나올까 하다가 그만두기로 했다. 거실로 나오니 책을 한쪽으로 치워놓은 앤이 말했다.

"슬프네요."

"설명이 좀 됐나요?"

"글쎄요."

나는 화제를 돌리고 싶었다. "파티나 하러 갑시다."

"뭐라도 가져가야 하는 거 아닌가요?"

"와인 한 병 남는 거 없습니까?"

"아, 있어요."

우리는 어색한 침묵을 지키며 위층으로 올라갔다. 린다의 현관
문 안에서 요란한 음악 소리가 들렸다. 제임스 테일러인 듯했다.
이런, 징조가 좋지 않군. 나는 노크를 했다.

린다가 문을 열고 나왔다. 그녀는 긴 시스(몸에 착 붙는 여성용 원
피스-옮긴이)를 걸치고 있었다.

"친구를 데려왔습니다."

린다가 잠시 머뭇거렸다. "잘했어요. 들어와요."

우리는 안으로 들어갔다.

모두가 성의껏 차려입은 모습이었다. 긴 드레스의 여자들, 말
쑥한 정장의 남자들. 그들 틈에서 우리는 도우미 같아 보였다.

앤이 말했다. "어, 음."

나는 린다에게 앤을 소개했다. 두 사람은 잠시 서로를 뜯어보
았다.

린다가 물었다. "무슨 일을 하시죠, 앤?"

"사무실 청소를 하고 있어요."

"그렇군요."

하지만 그녀는 여전히 이해가 안 된다는 표정이었다.

바는 한쪽 벽에 마련돼 있었다. 바텐더도 보였다. 그는 양복 조끼와 나비넥타이 차림이었다. 나는 앤의 손을 잡고 린다에게 말했다.

"나중에 봐요."

그때 바텐더가 말했다. "어서 오십시오. 뭘로 드릴까요?"

앤은 화이트 와인을 주문했다. 나는 잠시 고민에 빠진 척하다가 말했다.

"더블 테킬라로 주십시오."

앤이 한숨을 내쉬었다. 바텐더도 비슷한 반응이었다. 그녀처럼 노골적이지 않았을 뿐.

"레몬을 넣어드릴까요, 소금을 넣어드릴까요?"

"아닙니다. 그런 건 넣지 않습니다."

묵직한 글라스. 그 밑바닥에는 스티커가 붙어 있었다.

로쉬

£4.99

양복 차림의 남자가 앤에게 다가와 말을 걸었다. 나는 그들에게로 다가가보았다.

"집을 나서기 전에 스카이 뉴스를 봤어요. 노스웨스트 런던에서 어떤 남자가 십자가에 못 박힌 채 발견됐답니다." 남자가 말했다.

"이런, 세상에!"

남자가 앤의 팔뚝에 손을 살며시 얹으며 말했다. "걱정 말아요.

생명에 지장이 있진 않다고 하니까요."

나는 말했다. "그렇다고 삶의 질이 높아진 것도 아니지 않습니까."

린다가 키 큰 남자를 이끌고 다가와 말했다. "잭, 요한을 소개할게요. 우린 약혼한 사이예요."

"축하합니다."

요한이 나를 유심히 쳐다보며 물었다. "무슨 일을 하십니까, 자크?"

"잭입니다. 백수로 활동하고 있죠."

린다가 어색한 미소를 지으며 말했다. "요한은 로테르담에서 왔어요. 프로그래머예요."

"잘됐네요. 마침 텔레비전이 고장 나서 속상했는데."

골웨이 스타일
악의

앤은 벌써 세 잔째 마시고 있었다. 그렇다. 나는 일일이 세고 있었다. 내가 마신 잔을 세는 것보다는 훨씬 쉬웠다. 나는 여전히 테킬라를 홀짝이고 있었다. 존 웨인은 테킬라가 허리 통증을 유발한다고 했다. 테킬라를 마실 때마다 그는 의자에서 미끄러졌다.

린다가 다가오며 말했다. "할 말이 있어요."

"해봐요."

"조용히 할 얘기가 있다는 뜻이에요."

음악은 한층 더 요란해져 있었다. 게리 누만의 테크노 곡 같았다. 굉장히 거슬렸다. 린다는 나를 이끌고 침실로 들어갔다. 그리고 문을 닫았다.

"내겐 이미 임자가 있습니다."

그녀는 못 들은 척하고 침대에 앉았다. 침실에는 각종 동물 인형들이 어지럽게 흩뿌려져 있었다.

핑크색 곰

핑크색 개구리

핑크색 호랑이

적어도 내 눈에는 핑크색으로 보였다. 확인까지 할 문제는 아니었고.

린다가 말했다. "난 은행에서 나름 인정받고 있어요."

"잘됐군요. 그렇죠?"

"그래요. 집을 장만하는 데 그들이 도와주기로 했어요."

"축하해요, 린다."

"난 이 집을 살 거예요."

"오!"

"이 집을 다 뜯어고칠 거예요."

"아, 걱정 말아요. 어차피 난 하루 종일 밖에서 보내니까."

"잭…… 미안하지만 이젠 나가줬으면 좋겠어요."

나는 그녀가 침실을 얘기하는 줄 알았다. 하지만 이내 그게 무슨 뜻인지 깨달았다.

"난 세 들어 살고 있는 사람인데요."

사실 나는 봉이었다.

집에서 쫓겨나게 됐다니, 엄청난 충격이었다. 머릿속이 복잡해졌다. 갑자기 온갖 총들이 떠올랐다.

"가르다 특수부대에 새 권총이 지급된다는 소식 들었습니까? 그것도 보통 권총이 아니라 권총계의 롤스로이스라네요."

"네?"

"정말이에요. 시그 사우어 P-226이 이미 비상대응 팀 멤버들에게 지급됐답니다."

"그게 대체 무슨 소리죠?"

"스위스 총이에요. 굉장히 정밀하다는 얘기죠. 중립 상태라 진지한 무기를 느긋하게 디자인하기에는 딱입니다. 무슨 얘긴지 이해하겠습니까?"

"잭…… 난 지금 진지하게 얘기하는 거라고요. 빨리 새집을 알아보는 게 좋을 거예요."

"은행에서 일하고 있으니 스위스를 자극해선 안 되겠죠."

그녀가 벌떡 일어나며 말했다. "이만 나가봐야겠어요."

"개당 700파운드예요. 로또 당첨이 절실할 겁니다."

그녀가 침실 문 앞으로 다가가며 말했다. "나가요, 잭."

"아니에요. 그냥 여기 앉아서 총을 떠올릴래요."

그녀는 혼자 나가버렸다.

서튼이 지내고 있는 스케프로 들어가는 건 불가능했다. 아무래도 런던으로 가봐야 할 것 같았다. 그때 노크 소리가 들렸다.

나는 말했다. "네."

앤이 들어오며 물었다. "여기서 뭐하는 거예요, 잭?"

"핑크색 곰들과 대화 중이었어요."

"불길한 징조인데요."

"아, 그렇죠. 하지만 누구에게 불길한 징조일까요? 나? 아니면, 이 녀석들?"

"린다가 심각한 얼굴로 침실을 나오던데, 무슨 일 있었어요?"

"총 얘길 했어요."

"총?"

내 집으로 돌아왔을 때 앤이 말했다. "좀 취한 것 같네요."

"취기를 좀 더 늘려볼래요?"

"아뇨."

어색한 침묵이 흘렀다. 무얼 해야 할지 난감했다.

"키스해줄래요?"

나는 그녀에게 입을 맞추었다. 능숙한 키스는 아니었다.

그녀가 말했다. "너무 성의가 없네요. 다시 한 번 해봐요."

이번에는 조금 나았다.

우리는 함께 침대에 올랐다. 환상적이었다. 느리고, 이상하고, 흥분됐다. 격렬히 몸을 부딪치고 난 후 그녀가 말했다.

"너무 오랜만이에요."

"나도 그래요."

"정말요?"

"네."

그녀가 살짝 떨리는 목소리로 말했다. "저녁 내내 새라를 언급하지 않았어요."

"언급할 필요는 없어요. 그 아인 항상 당신 눈 속에 담겨 있으니까요."

그녀가 나를 와락 끌어안으며 말했다. "아름다운 얘기네요."

이런 황홀한 기분은 실로 오랜만에 느껴보는 것이었다.

"누군가를 사랑해본 적 있나요?"

"내가 가즈였을 때 사랑했던 여자가 있었습니다. 그녀는 항상 내 어깨에 힘이 들어가게 해줬어요."

"좋은 사람이었나 봐요."

"하지만 내가 다 망쳐놨습니다."

"왜 그랬죠?"

"뭔가를 망쳐놓는 건 내 특기니까요."

"그런 대답이 어디 있어요?"

"술 때문이라고 둘러댈 수도 있지만 그건 사실이 아니에요. 내 안엔 자폭 버튼이 있어요. 나도 모르게 항상 그것으로 돌아가게 되더군요."

"지금이라도 바꾸면 되잖아요."

"그러고 싶지 않아요."

우리는 우울한 대화를 마치고 잠에 빠져들었다.

눈을 떴을 때 그녀는 이미 떠나버린 후였다. 베개에는 메모지가 하나 놓여 있었다.

잭,

당신은 좋은 사람이에요. 더 이상 자폭하지 말아요.

내가 견딜 수 없을 것 같으니까요.

Xxxxxxxxxxxxxx

앤

내가 무슨 일을 벌여놓았는지 이해가 되지 않았다.

남들의 꿈으로 가득 찬 양심

나는 그를 죽일 생각이 없었다.

'실수였어요'라는 표현은 용납할 수 없을 만큼 진부하다.

아내 구타부터

음주운전까지

변명으로 지겹도록 이용되는 표현이다. 하지만 이건 분명 실수였다. 그냥 겁만 주려 했을 뿐인데 어쩌다 보니 살인으로 끝나버리고 말았다. 그러니까 이렇게 된 일이었다.

앤과 함께 황홀한 밤을 보낸 후 나는 서튼을 만나러 갔다. 기분은 괜찮았다. 전에 없던 활력도 느껴졌다. 나는 서튼에게 시포인트에서 만나자고 했다. 솔트힐에 자리한 대형 클럽이다.

나는 그곳의 60년대 후반 쇼밴드의 음악에 맞춰 춤을 추곤 했다. 대단한 밴드였는데.

브렌단 보이어

인디언스

프레시맨

그들은 9시에 무대에 올라 몇 시간에 걸쳐 쉬지 않고 연주를 했다. 그들은 진정으로 파티를 즐길 줄 아는 사람들이었다. 거의 모든 히트곡을 커버할 수 있는 능력자들이기도 했다.

'의심스러운 마음'부터

'동전 한 닢'까지

순수의 시대였다고는 할 수 없지만 열정의 시대였던 것은 사실이다.

산책로에 앉아 있으니 머릿속에서 스페셜스의 〈고스트 타운〉이 흐르기 시작했다. 1981년에 1위를 기록했던 히트곡으로 당시 불안했던 런던의 상황과 분위기가 딱 맞아떨어졌었다.

서튼이 볼보를 몰고 나타났다. 굉장히 오래된 모델이었다.

나는 차에 오르며 물었다. "이건 어디서 찾은 거야?"

오토매틱이었고, 정속 주행 장치가 작동 중이었다.

"클리프덴의 어떤 스웨덴인한테서 샀어." 그가 나를 돌아보며 물었다. "무슨 좋은 일 있어?"

"나?"

"그래, 웃음을 참으려고 애쓰고 있는 것 같아서 말이야."

"내가?"

"그래, 크림을 찾은 고양이처럼." 그가 손바닥으로 핸들을 탁 치며 말했다. "뭔지 알겠어. 여자랑 재미 좀 봤지? 이 음흉한 자식. 그렇지? 안 그래?"

"운이 좋았어."

"그럴 줄 알았어! 테일러, 이 자식. 상대가 누구야? 그 로큰롤 아가씨? 캐시 B 말이야."

"아니."

"스무고개 하지 말고 얘기해봐. 창녀였어?"

"앤 헨더슨."

"그 죽은 아이의 어머니?"

"그래."

"테일러, 제정신이야?"

캐시 B는 포드의 주소를 알아냈다. 그 소식을 들려주니 서튼이
물었다.

"아직 미혼이야?"

"그런 것 같아."

"어디 한번 가서 만나보자고."

우리는 블랙록 측면에 차를 세웠다. 솔트힐 타워는 우리 뒤로
우뚝 서 있었다.

서튼이 물었다. "그 친구는 어디 사는데?"

"1층."

안으로 들어가는 건 식은 죽 먹기였다. 자물쇠도 흔해 빠진 예

일 자물쇠였다. 우리는 넓은 거실로 들어갔다. 고급 가구들이 즐비했고 모든 게 깔끔했다. 긴 커피용 탁자에는 책이 한 권 펼쳐져 있을 뿐 다른 건 보이지 않았다. 나는 책 제목을 확인했다. '피네건의 경야'.

서튼이 말했다. "정말 이런 책을 읽는 사람일까?"

우리는 집 안을 샅샅이 뒤져보았다. 하지만 특별히 눈에 띄는 건 없었다.

서튼이 물었다. "여기 사람 사는 집 맞지?"

"옷장에 양복이 걸려 있고, 냉장고엔 음식이 있잖아."

서튼이 거실 벽에 몸을 기대고 서서 말했다. "이 카펫 보이지?"

"꽤 비싸 보이는데."

"하지만 평평하지가 않아. 저기 램프 앞에 보여? 약간 떴잖아."

"그래서?"

"저길 한번 들춰보자고."

카펫을 들추자 헐거워진 바닥 널이 여럿 눈에 들어왔다. 서튼이 쪼그리고 앉아 그것들을 걷어냈다.

"빙고."

그가 바닥 널 아래 숨겨진 내용물들을 차례로 꺼냈다. 비디오 테이프와 잡지, 아동 포르노였다.

서튼이 말했다. "이것들을 다 테이블로 옮겨줘."

나는 그렇게 했다.

우리는 비디오테이프 두 개를 골라 재생시켜보았다. 전부 비슷

한 내용이었다.

서튼이 물었다. "이젠 어쩌지?"

"그 자식을 기다려야지."

우리는 냉장고에서 먹음직스러운 스테이크를 꺼내 구워 먹었다. 6시 30분. 깜빡 졸고 있는데 자물쇠에 열쇠 꽂히는 소리가 들렸다. 서튼은 긴장이 풀린 모습으로 서 있었다. 거실로 들어온 포드는 아직 우리를 보지 못했다. 서튼은 이미 문 쪽으로 이동 중이었다. 포드가 탁자 위에 수북이 쌓인 것들을 내려다보았다. 큰 충격을 받았을 테지만 그는 내색하지 않으려 애썼다.

"원하는 게 뭐지?"

"정보."

"아."

"새라 헨더슨과 나머지 소녀들에 대해 불어."

그가 소파에 앉아 서튼을 돌아보며 물었다. "당신도 가르다 출신인가?"

"그게 중요해?"

"아니, 전혀."

"그러니까 하나도 빼놓지 말고 다 털어놔."

"호들갑 떨 일은 아니야. 플랜터 씨가 어린애들을 좋아하거든. 하지만 그들이 가끔 이상해질 때가 있어. 협박을 해올 때도 있고. 뭐 어쩌겠어? 우울증이 심해지면 끌고 가 없애버려야지."

그때까지만 해도 나는 마음의 평정을 유지하고 있었다. 하지만 그의 능글맞은 표정과 모욕적인 음성이 결국 내 인내심을 부러뜨렸다. 나는 벌떡 일어나 그의 얼굴에 주먹을 날렸다. 부축을 받고 일어나던 그가 내게 침을 뱉었다. 나는 그를 냅다 떠밀었고, 그는 고꾸라지면서 탁자에 머리를 심하게 찧었다. 그는 움직이지 않았다. 서튼이 다가와 그의 맥을 짚어보았다.

"죽었어."

"뭐?"

"죽었다고."

"말도 안 돼."

"빨리 여길 뜨자. 우리가 왔던 흔적부터 깨끗이 지우고 나서."

우리는 비디오테이프를 원래 자리에 돌려놓았다.

서튼이 문손잡이의 지문을 닦아 없애며 말했다. "이 자식은 고꾸라지면서 머리를 부딪힌 거야."

꼬여버린 혀

서튼은 나를 내 집 앞에 내려주었다. 오는 길에 우리는 한마디
도 하지 않았었다.

"잠깐 들어갔다 갈까?"

"아니야."

"정말 괜찮겠어?"

"모르겠어."

"이봐, 잭. 잘 들어, 그건 사고였어. 게다가 그런 놈 하나 죽은
게 뭐가 문제야? 쓰레기 같은 놈이었다고. 그런 놈들이 사라져야
이 세상이 깨끗해지잖아."

"그래, 다음에 보자고."

현관문을 여는 순간 린다가 불쑥 나타났다.

"아, 잭."

나는 말없이 그녀를 지나쳐 안으로 들어갔다. 뒤에서 그녀가 빽 소리쳤다.

"기가 막혀!"

기가 막히든지 말든지 상관없었다. 우선 나는 샤워부터 했다. 피부가 따끔거릴 때까지 북북 문질러 닦았다. 얼굴에 묻은 포드의 침이 화끈하게 느껴졌다.

그 순간 전화벨이 울렸고 투덜대며 수화기를 들었다.

"네?"

"잭, 앤이에요."

"네, 무슨 일이죠?"

"괜찮아요?"

"왜 다들 같은 것만 묻는지 모르겠군요."

나는 거칠게 수화기를 내려놓았다. 그런 다음 특대형 스웨트 셔츠를 걸쳤다. 셔츠 앞면에는 이런 로고가 적혀 있었다.

최강 닉스

색이 심하게 바랜 501 청바지. 한 번만 더 세탁하면 완전히 삭아 없어질 것만 같았다. 이런 차림은 늘 내게 안정을 주었다.

하지만 오늘은 아니었다.

브랜디 한 병을 꺼내왔다. 나는 교양이 없어서 코냑을 좋아하지 않는다. 살인적인 숙취 때문이기도 하다. 뚜껑을 딴 뒤, 주방으로 들어가 글라스를 닦았다. 글라스 바닥에는 아직도 '로쉬 £4.99' 스티커가 붙어 있었다. 나는 테킬라 향을 완전히 없애기 위해 두 번에 걸쳐 잘 헹구었다. 다시 거실로 나왔다. 포드의 집에서 구워 먹은 스테이크는 아직도 배 속에 납덩어리처럼 담겨 있었다.

나는 브랜디를 선택한 이유를 다시 되짚어보았다. J. M. 오닐이 브랜디에 대해 했던 말도 떠올려보았다. 그는 브랜디가 우리에게 준 목숨을 다시 앗아가 버린다고 했었다.

나는 큰 소리로 말했다. "그래, 그래…… 어쩌고, 저쩌고."

나는 첫 잔을 단숨에 비웠다.

괜찮군.

나쁘지 않았다. 아니, 오히려 너무 부드럽고 좋아서 문제였다.

나는 다시 글라스를 채웠다.

금주 모임에서는 자기 연민을 경고한다.

"딱한 나, 딱한 나, 딱 한 잔만 더." 나는 이미 술을 들이붓고 있었다.

좋아!

연민은 맨 나중에 느끼게 될 것 같았다.

사실 연민을 받아야 할 사람은 탁자에 머리를 찧고 죽어버린 그 딱한 녀석이었다. 아니, 그 녀석 머리에 가격당한 탁자를 연민해야 하는 건가? 나는 머릿속에서 그 이미지를 지워내려 애썼다.

그가 죽은 게 뭐 어때서? 어차피 어린 소녀들을 해하는 변태였 잖아.

하지만 그런 생각도 별 도움이 되지 못했다. 마음은 조금도 편 해지지 않았다.

전화벨이 울려 수화기를 집어 들었다.

"네?"

"잭, 나 서튼이야."

"아, 그래."

"별일 없지?"

"아무 일 없어."

"한잔하고 있어?"

"뭐?"

"말투를 들어보니 알겠는데."

"뭐하는 거야? 네가 우리 어머니라도 돼?"

"흥분하지 마. 너만 그런 게 아니라는 얘길 하려고 전화한 거니 까. 지금 갈게. 피자 시켜놓고 영화나 빌려 보자고."

"데이트하는 것처럼?"

"잭, 지금 뭘 마시고 있는진 모르겠지만 확실히 너랑은 안 맞는 것 같아."

"너도 마찬가지야."

나는 전화를 끊었다.

자리에서 일어나 거실을 빙빙 돌며 중얼거렸다. "네 녀석은 아무 도움이 안 돼. 제발 다들 날 좀 가만히 내버려뒀으면 좋겠어."

나는 전화선을 우악스럽게 뽑아버렸다.

그런 다음 라디오를 틀었다. 하지만 실수로 주파수가 서정적인 방송국에 맞춰지고 말았다. 스피커에서 〈엘리제를 위하여〉가 흘러나왔다. 마음에 쏙 들었다. 내일 아침에 레코드점에서 구입하기로 했다. 한참 후 다이얼을 돌려 네 개의 다른 방송국을 찾아냈다. 내일 구입할 레코드가 몇 장 더 늘었다.

엘비스

이글스

제임스 라스트

그리고

퓨리 브라더스

갑자기 든 의문. 왜 내일까지 기다려야 하지?

코냑 병을 흘끔 내려다보았다. 이런! 거의 다 마신 상태였다. 내가 어디다 쏟았나? 그래, 그랬을 거야. 그렇게밖엔 설명할 수가 없어. 한참 법석을 떤 후에야 비로소 외출 준비를 마칠 수 있었다. 나는 뒤를 돌아보며 소리쳤다.

"사요나라!"

빈 거실은 아무 대꾸가 없었다.

"선생님, 문제가 생겼습니다."
"이런. 야단났군요."
소피아 로렌과 피터 셀러스, 〈백만장자 아가씨〉

수갑을 차고 왔다고 했다. 지독한 숙취. 지금 나는 바퀴 달린 들것 위에 꽁꽁 묶여 있었다. 머리가 깨질 듯이 아팠다. 다리에서는 경련이 일었다. '사요나라'를 외친 후의 기억은 전혀 없다.

간호사가 나타나 말했다. "아, 테일러 씨, 선생님을 모셔올게요."

오십대로 보이는 남자가 희미하게 미소 지으며 다가왔다. "테일러 씨, 전 리 박사입니다. 어떻게 여기까지 오게 됐는지 기억납니까?"

극심한 통증으로 고개를 젓는 것마저도 쉽지 않았다.

그가 고개를 끄덕이며 말했다. "당신은 발리나슬로의…… 정신병원에 와 있습니다. 아마 일시적 기억상실이 있었던 것 같습니다. 헤이든스 호텔 밖에 쓰러져 있었답니다."

순간 서늘한 공포가 찾아들었다. 온몸에서 땀이 배어 나왔다.

의사가 말했다. "손가락뼈를 다시 맞춰야 했습니다. 누구랑 싸운 모양이더군요. 최근에 부러졌던 것 같은데 완전히 낫기 전에 그렇게 쓰시면 안 되죠."

나는 바짝 마른 입 안에 힘겹게 침을 모으고 나서 물었다. "내 코는요?"

그가 큰 소리로 웃었다. "그 부분에 대해선 모르겠네요. 하지만 유머 감각이 아직 남아 있는 걸 보니 다행입니다. 앞으로 그게 필요할 때가 많을 겁니다."

간호사가 내게 주사를 놓았고, 나는 다시 의식을 잃었다. 꿈을 꾸었는지는 모르지만 기억은 나지 않았다. 다시 의식을 회복했을 때는 기분이 한결 나아져 있었다. 나는 더 이상 침대에 묶여 있지 않았다. 상황이 나아지고 있다는 뜻이었다.

리 박사가 다시 말했다. "우리가 나눈 대화를 기억합니까?"

"네."

"그건 48시간 전이었습니다."

나는 적당히 두려워하는 모습을 보이려 했다. 하지만 정신병원에서 그러는 건 무의미한 짓이다. 그가 계속 이어나갔다.

"회복이 아주 빠릅니다. 인체는 정말 신비로워요. 아무리 심하게 손상돼도 몸은 회복을 멈추지 않습니다. 하지만 그게 무슨 의미가 있겠습니까. 안 그렇습니까, 테일러 씨?"

이번에는 침을 충분히 모으지 않은 상태에서 대답했다. "그게 무슨 뜻입니까?"

"모르겠습니까, 테일러 씨? 우리가 굳이 당신을 치료해야 할 의미가 있느냐는 거죠. 어차피 회복되면 퇴원해서 또 같은 일을 벌이고 다닐 텐데."

그게 무슨 소리지?

"그게 무슨 소리죠?"

"솔직히 이런 일이 한두 번이 아니었지 않습니까."

"맞습니다. 이제부턴 잭이라고 불러줘요."

"잭! 소름 끼치는 이야기들로 당신에게 겁을 줄 수도 있습니다. 의식이 깜빡이는 건 물뇌증(수액이 머리뼈 속 공간에 과잉으로 저류된 상태-옮긴이)의 전조로 봐야 합니다. 당신은 간 상태도 좋지 않고, 신장도 얼마나 더 버텨줄지 모르는 상황입니다. 질문 있습니까?"

궁금했다. 내가 어떻게 발리나슬로로 오게 되었는지. 아무리 머리를 굴려봐도 답은 떠오르지 않았다.

"내게…… 소요 단속령을 읽어주지 않아서 고마워요."

"방금 읽어줬잖아요."

그렇게 며칠이 지나자 내게 다시 옷이 주어졌다. 옷은 깨끗하게 세탁해서 반듯하게 다려놓은 상태였다. 옷을 되찾은 기쁨은 말로 다 표현할 수 없을 정도였다. 나는 병실 한복판에 서서 지그 춤을 추듯 몸을 흔들며 옷을 입었다. 다리가 후들거렸다. 아일랜드인 특유의 발재간이었다.

성인 남자가 옷을 챙겨 입는 행위에 이토록 감사한 마음을 느끼다니, 서글펐다.

그들은 나를 퇴원시키기로 했다.

나는 간호사에게 물었다. "병실에서 계속 지내면 안 됩니까?"

그녀가 웃음을 터뜨리며 말했다. "여기가 호텔인 줄 아세요?

빨리 나가세요. 혈액순환이 중요해요."

예상이 불가능한 곳이었다. 정신병원…… 미치광이들이 자유로이 배회하는 곳. 사실 나는 아수라장을 예상했었다. 침을 질질 흘리는 환자들, 구속복, 대혼란.

하지만 이곳은 너무 조용했다. 정적보다는 억제된 후음에 가까웠다. 마치 누군가가 세상의 볼륨을 가장 낮은 레벨로 내려놓기라도 한 듯이. 약물의 경이로운 효과. 미치광이도 약에 취해 있는 동안만큼은 온순한 양이 된다.

점심은 식당에서 먹어야 했다. 조명 밝고 확 트인 공간은 템플모어 훈련소의 구내식당과 크게 다르지 않았다.

나는 쟁반을 들고 줄을 섰다. 모두 차분해 보였고 질서를 잘 지켰다. 뒤에서 누군가의 음성이 들려왔다.

"여긴 처음입니까?"

돌아보니 육십대로 보이는 남자였다. 놀랍게도 그는 정상으로 보였다. 옷도 말쑥하게 갖춰 입었다. 혈관이 터진 코는 진홍색으로 물들어 있었다. 한때 당당한 풍채를 자랑했을 것 같은 그의 체구는 볼품이 없었다.

나는 말했다. "어떻게 아셨습니까?"

"놀란 토끼 같아 보여서요."

"아."

그가 래리 커닝엄을 연상케 하는 큼직한 손을 내밀었고, 우리는 악수를 했다. 예상과 달리 그의 손은 무척 부드러웠다.

"빌 아든입니다."

"잭 테일러입니다."

"반갑습니다, 잭 테일러."

어느새 나는 핫푸드 코너에 다다라 있었다. 음식을 나눠주는 뚱뚱한 시골 여자가 물었다.

"뭘로 드릴까요, 러브?"

'러브'라는 단어가 내 가슴을 뛰게 했다. 나는 그녀를 와락 끌어안고 싶었다.

빌이 말했다. "베이컨과 양배추가 특히 먹을 만해요."

나는 그 둘을 주문했다.

"그레이비(고기를 익힐 때 나온 육즙에 밀가루 등을 넣어 만든 소스-옮긴이)도 뿌려드릴까요, 러브?"

"네."

후식은 사과 스튜와 커스터드(우유와 계란에 설탕과 향료를 넣어서 구운 과자-옮긴이)였다. 그것도 엄청나게 많이. 나는 그것도 챙겼다. 어차피 먹지도 않겠지만.

빌이 말했다. "창가 쪽 자리 좀 맡아줘요. 차를 가져갈게요."

나는 그가 말하는 대로 했다.

테이블에 앉은 사람들은 식사에 열중하고 있었다. 식사에 목숨을 걸기라도 한 듯. 어쩌면 그건 사실인지도 몰랐다.

빌도 자리에 앉기가 무섭게 의욕적으로 음식을 공략해나갔다. 식사 중인 말을 보는 듯했다. 그가 음식을 씹으며 물었다. "안 먹어요?"

"네."

"모나게 굴면 안 좋습니다. 뭐든지 무난하게 가는 게 좋아요."

그의 앞니에는 양배추 몇 조각이 껴 있었다. 내 시선은 그의 치아에서 떨어지지 않았다. 나는 의욕 없는 포크질을 계속 해나갔다.

빌이 말했다. "테이블 밑으로 내려요. 원숭이들이 알아서 처리해줄 겁니다."

나는 그가 말하는 대로 했다. 놀랍게도 접시에 담긴 음식은 몇 초 만에 자취를 감춰버렸다.

빌이 말했다. "후식은 내가 먹을게요. 단걸 특히 좋아하거든요."

식사를 마친 그가 등받이에 몸을 기대고 바지의 단추를 풀며 트림을 했다. 그런 다음 담배를 꺼내 들며 물었다.

"한 대 피울래요?"

"아뇨, 괜찮습니다."

그가 담배에 불을 붙이고 길게 연기를 뿜어내며 말했다. "여기서 조금만 더 지내봐요. 생각이 달라질 테니까."

"설마요."

순간 나는 식당 안의 모두가 담배를 피우고 있다는 사실을 깨달았다. 음식 카운터 뒤의 나이 지긋한 여자조차도 입에 담배를 물고 있었다.

그가 내 표정을 살피며 말했다. "어느 정도 지분을 갖게 되면 여생이 편해집니다."

알쏭달쏭한 말이었다.

"그렇게 생각할 수도 있겠군요."

내 기분만큼이나 형편없는 생각이었다.

빌이 물었다. "앨키인가요?"

"네?"

"알코올의존자 아닌가요? 그래서 여기 들어온 거 아니에요?"

그에게까지 굳이 숨길 이유가 없었다.

"그렇습니다."

"그럴 줄 알았습니다. 술꾼들끼리는 대번에 알아볼 수 있어요.
우리에겐 특수한 안테나가 있거든요. 그럼 유닛에 있겠군요."

"네?"

"알코올의존자 유닛 말입니다. 이곳 프로그램이 최고죠. 나도
여러 번 도움을 받았어요."

"이런 말씀 드려서 뭣하지만…… 이곳 프로그램이 최고라면 선
생께선 어째서 또 들어오신 겁니까?"

"난 말입니다, 잭, 술이 너무 좋습니다. 좀 과하다 싶을 때마다
그들에게 반지를 넘기고 방을 잡아놓으라고 하죠. 일 년에……
두 번, 아니, 세 번은 들어옵니다."

"진짜인가요!"

"직접 해보기 전엔 뭐라 하지 말아요. 언제나 이렇게 멋진 안식
처가 기다리고 있으니 안심하고 밖에 나가 소란도 부릴 수 있는
겁니다."

그 말에 소름이 돋았다. 그가 나를 빤히 쳐다보았다.

나는 말했다. "금단 증상."

"리브리엄(신경안정제의 일종 – 옮긴이)이 못 고칠 건 없죠."

남자 하나가 휘청대며 우리 테이블을 지나 문으로 향했다.

빌이 씩 웃으며 말했다. "저게 바로 발리나슬로 스페셜입니다."

"뭐가요?"

"저 친구 말입니다. 잘 봐요. 성난 듯이 몸을 들썩이고 있죠? 라 각틸(신경안정제의 일종 – 옮긴이)에 취해 있는 겁니다. 자신의 리듬에 절어 하루 종일 저러고 다니는 거죠. 난 이곳이 너무 좋습니다."

서서히 짜증이 몰려들었다. 미들랜드의 온후함도 이제는 지겨웠다.

"궁금한 거 있어요?"

"음……."

"뭐든 물어봐요. 여기 일에 대해서라면 모르는 게 없으니까."

순간 나는 내 눈을 의심했다. 그는 분명 내게 윙크를 했다. 앞으로 백 살까지 산다 해도 이 끔찍한 순간은 잊히지 않을 것이다. 내 생애 최악의 경험이었다.

나는 내색하지 않으려 애쓰면서 말했다. "한 가지 있습니다."

"뭐든 물어봐요."

"도서관이 어디 있습니까?"

그는 크게 충격을 받은 모습이었다. 그가 잠시 마음을 추스른 후 말했다.

"지금 농담하는 거죠?"

"이봐요, 버트……."

"빌입니다!"

"그건 아무래도 상관없어요. 절 아신 지는 10분밖에 되지 않았지만…… 선생님 자신에게 한번 진지하게 물어보십시오. 제가 농담을 즐기는 사람 같아 보이십니까?"

"아뇨."

"그럼 도서관 위치를 가르쳐주십시오."

그는 여전히 어리둥절한 표정이었다. "책과 친해 보이는 인상은 아닌 것 같은데요."

이번에는 내가 웃을 차례였다. 정신병원에서 웃지 않으면 먹어야 할 약이 늘어난다.

"책과 친해 보이는 인상은 대체 어떻습니까?"

"글쎄요. 모르겠는데요. 아마 진지한 표정에……."

"빌…… 이봐요, 빌, 절 믿으세요. 전 누구보다도 진지한 사람입니다."

하지만 그는 포기를 몰랐다. 미들랜드 사람들이 농사를 잘 짓는 이유이기도 하다.

"하지만 당신은 술꾼 아닙니까. 당신도 인정했잖아요. 책 읽을 시간이 있기나 한 겁니까?"

"술 마시는 틈틈이 읽습니다. 숙취로 일어나지 못할 때도 읽고요."

"그런 황당한 얘긴 처음 들어봅니다. 난 그 틈틈이 침대에 누워 죽기에 바쁜데."

"전 원래 독서광이었습니다. 다른 건 다 잃었을지 몰라도 책 보는 취미만큼은 아직 건재합니다."

그가 다음 담배에 불을 붙이고 투덜거렸다. "병원에선 환자들이 책을 보는 걸 별로 달가워하지 않아요."

"이런, 책을 보는 내내 마음이 불편하겠군요. 아무튼 얘기해봐요. 어디 있습니까?"

"1층에 있어요. 하지만 못 갈 거예요. 저녁식사 후에는 OT가 있거든요."

"O…… 그게 뭐죠?"

"작업 요법(Occupational Therapy) 시간이에요. 주로 바구니를 만들죠."

그제야 깨달음이 찾아들었다. 나는 벼랑 끝에 내몰려 있었다. 여기서 떨어지면 진짜 정신병자가 되는 것이었다. 간호사들이 각종 약들이 놓인 카트를 끌고 들어왔다. 나는 리브리엄을 받아 들고 단숨에 넘겨버린 후 빌에게 말했다.

"나중에 뵐게요."

"OT는 어쩌고요?" 그가 우는소리를 냈다.

나는 자리에서 일어나며 말했다. "전 독서 요법을 씁니다."

빌이 중얼거렸다. "내 평생 당신처럼 괴상한 앨키는 처음 봅니다."

책 그리고 올 포인츠 웨스트

나는 일생을 책과 함께 해왔다. 지저분한 인생을 살아왔지만 책만큼은 끝까지 내 곁을 지켜주었다. 내 친구 서튼도 이런 나를 이해하지 못했다.

"책이라니! 넌 가즈 출신이잖아."

아일랜드인다운 논리다.

나는 무성의하게 툭 내뱉었다. "독서는 즐겁거든."

그가 그 특유의 솔직함을 담아 받아쳤다. "웃기고 있네."

얘기했듯 우리 아버지는 철도회사에서 일했다. 아버지는 카우보이 소설을 즐겨 읽었었다. 아버지의 재킷에는 항상 닳아 해진 제인 그레이의 소설이 들어 있었다. 언제부터인가 아버지는 그

책들을 내게 읽혔고, 그럴 때마다 어머니는 못마땅해했다.

"쟤를 계집애처럼 만들려는 거예요?"

어머니가 없을 때면 아버지는 내게 속삭였다. "네 어머니 얘기는 신경 쓸 거 없다. 다 널 위해서 하시는 말씀이야. 하지만 책은 계속 읽도록 해라."

"왜요, 아빠?" 나는 진심으로 그 이유가 궁금했다.

"책은 네게 여러 옵션을 줄 거야."

"무슨 옵션이요?"

아버지의 눈이 살짝 흐려졌다. "자유 말이다."

　　　　　　　／

　아버지는 내 열 번째 생일에 도서관 카드를 선물해주었다. 어
머니의 선물은 헐링 스틱이었다. 어머니는 툭하면 그 스틱으로
나를 두들겨 팼다. 물론 나는 그걸로 헐링을 하기도 했다. 그게
아니었으면 가르다가 되지도 못했을 것이다. 헐러는 어디서든 환
영받는다.
　도서관 카드는 마법 카드였다. 당시 도서관은 법원 청사에 자
리하고 있었다. 위층은 도서관이었고, 아래층은 법원이었다. 그곳
을 찾을 때마다 나는 가르다를 경외의 눈으로 쳐다보았다. 그리
고 위층에 올라가서는 호기심에 찬 눈으로 책을 골랐다. 그렇게
내 인생의 두 가닥이 하나로 꽁꽁 묶이게 됐다.

말 그대로 하나가 나머지 하나로 나를 이끈 것이었다. 그 두 가지 모두 내게 씻을 수 없는 영향을 끼쳤다.

나는 로버트 루이스 스티븐슨, 리치멀 크롬프턴, 하디 보이스 등을 읽으며 독서에 취미를 붙였다. 아직까지도 책에 대한 흥미가 사그라지지 않고 있는 건 그곳의 책임 사서 토미 케네디 덕분이었다. 키 크고 빼빼 마른 그는 비범한 사람이었다. 처음에는 그저 내가 골라온 책들을 눈으로 대충 훑으며 말없이 스탬프를 찍어줄 뿐이었다.

어느 축축하고 어두운 화요일, 그가 다가와 말했다. "이젠 독서도 체계적으로 해봐야지."

"왜죠?"

"따분해지고 싶어?"

"아뇨."

그는 내게 디킨스의 작품들을 추천해주었다. 그 후로는 다양한 고전을 골라 읽었다. 그리고 그것이 전부 내가 선택한 책이었다고 믿도록 만들어주었다.

그 후 사춘기가 찾아들자 그는 나를 범죄소설의 세계로 안내해주었다. 덕분에 내 손에서는 책이 떨어지지 않게 됐다.

언젠가는 소포로 책을 잔뜩 보내주기도 했다.

시

철학

그리고 매혹적인

미국 범죄소설

어느새 나는 애서가가 되어 있었다. 독서도 좋지만 무엇보다도 책 자체가 좋았다. 이제는 책에서 풍기는 냄새와 장정, 인쇄 상태, 그리고 촉감 등을 음미할 수 있게 됐다.

아버지는 선물로 커다란 책장을 만들어주었다. 나는 수많은 책들을 알파벳 순서와 장르별로 구분해 정리해놓았다.

당시 나는 방종한 생활을 했다. 헐링을 즐겼고, 사과주를 마셨으며, 학교는 거의 가지 않았다. 하지만 집에서는 책에 파묻혀 살았다.

책의 외관과 느낌이 좋았으니 자연스럽게 독서에 빠져들 수밖에 없었다. 나는 그렇게 시의 세계에도 입문하게 됐다. 특별히 시를 좋아했던 건 아니지만 시집은 항상 내 손이 닿는 곳에 꽂혀 있었다.

나는 이런 사실을 누구에게도 들려준 적이 없었다. 거리에서 시를 즐긴다는 말을 함부로 내뱉었다가는 무슨 봉변을 당하게 될지 몰랐다.

아버지는 종종 책이 빽빽하게 꽂힌 책장 앞에 서서 이렇게 말하곤 했다. "케니가 자랑스러워할 만한데."

그럴 때면 어머니는 넌더리내며 이렇게 받아쳤다. "이 아이 머리를 그런 미친 생각들로 채우려는 거예요? 나중에 집세 낼 때 집주인에게 돈 대신 시나 몇 수 읊어줘봐야겠네요."

아버지는 인상을 찌푸렸고, 나는 이렇게 속삭였다.

"나쁜 뜻으로 하신 말씀은 아닐 거예요."

어머니의 잔소리는 밤새도록 이어졌다.

"우리가 책을 뜯어먹고 살 수 있어요? 책이 나가서 빵이라도 사올 수 있나요?"

하지만 어머니는 결국 소원을 이루고야 말았다. 내가 템플모어로 들어간 첫날, 어머니는 내 책들을 전부 팔아치웠고, 책장은 장작으로 써버렸다.

토미 케네디는 내게 밝은 미래가 기다리고 있다고 했다. 잘하면 대학에도 갈 수 있을 거라나. 하지만 나는 아슬아슬한 성적으로 가즈에 들어갔다. 토미에게 내 결정을 들려주자 그가 두 손으로 머리를 감싸 쥐고 말했다.

"정말 통탄할 일이군."

집을 떠나기 전날 밤, 나는 가라반스에서 그를 만났다. 당시 내 덩치는 산만 했다. 헐링과 감자로 키운 체격이었다. 가라반스에 먼저 도착해 기다리니 토미가 들어왔다. 그는 어슴푸레한 불빛에도 눈을 제대로 뜨지 못했다.

나는 큰 소리로 그를 불렀다. "케네디 씨!"

그도 흐르는 세월을 비껴가지 못했다. 꼭 늙은 그레이하운드를 보는 듯했다. 그에게서는 침울한 분위기가 풍겨 나왔다.

"뭘로 하실래요, 케네디 씨?"

"흑맥주 한 병."

젊음과 허세로 똘똘 뭉친 나는 당당하게 술을 주문했다. 나도 맥주로 결정했다.

토미가 말했다. "일찍 시작했군."

나는 플라스틱 끈에 달린 번쩍이는 새 손목시계를 들여다보았다. 울워스에서 싸게 산 것이었다.

그가 슬픈 미소를 지으며 말했다. "그 얘기가 아니야."

"건배." 나는 말했다.

"행운을 빌어, 잭."

어색한 침묵이 찾아들었다. 그가 얇은 책 한 권을 꺼내 들며 말했다.

"작별 선물이야." 금테가 둘러진 가죽 장정의 오래된 책이었다. "프랜시스 톰슨의 《하늘의 사냥개》야. 이게 네게 아무런 의미도 주지 않기를 빌게."

나는 그를 위해 준비한 게 없었다.

"원한다면 계속 소포를 보내줄 수도 있어."

"음, 아니에요……. 그러지 마세요. 촌뜨기들이 날 게이로 볼 거예요."

그가 일어나 악수를 청했다.

나는 말했다. "편지할게요."

"그래. 건강하고."

물론 나는 그에게 단 한 통의 편지도 띄우지 않았다. 그가 세상을 떠났다는 소식은 그가 숨진 지 2년이 지나서야 들을 수 있었다.

서른

발리나슬로에서 지내는 동안 나는 수백 가지 생각에 시달렸다. 그중 대부분은 우울한 생각이었다. 내게 친절을 베풀었지만 내가 심하게 학대한 사람들.

너무나도 당연하다는 듯 무시해버린 남들의 기분. 그렇다, 내게는 엄청난 죄의식이 있었다. 거기에 약간의 후회와 넘치는 자기 연민을 더하면 전형적인 알코올의존자가 탄생한다.

밖에서 나는 이 부담을 술로 떨쳐냈다. 아니, 술로 덮어버렸다는 게 더 적절한 표현일 것이다. 정신을 마비시켜 고통을 잊었다. 하지만 마비 후에 찾아드는 새로운 고통은 도저히 감당할 수 없었다.

만취해 비틀거리는 창백한 기수를 보라.

병원에서의 처음 며칠은 해독 기간이었다. 그 기간 동안에는 최대한 많은 양의 물을 마셔야 했다. 물로 독소를 씻어내는 것이다. 그건 식은 죽 먹기였다. 신장과 간의 손상도를 알아보기 위해 혈액검사도 했다. 예상대로 내 상태는 심각한 수준이었다. 회복을 돕기 위한 종합 비타민제가 매일 주사됐다. 리브리엄도 물론이고. 무엇보다도 반가운 건 매일 밤 주어지는 수면제였다. 알코올의존자들이 가장 두려워하는 건 바로 밤이다.

꿈을 꾸었느냐고? 당연하지. 하지만 예상했던 꿈들은 아니었다.

죽은 아버지도

죽은 친구들도

죽은 인생도

꿈에서는 등장하지 않았다.

내 꿈에서는 서튼이 나왔다.

우리는 금세 친해졌다. 분석이 불가능한, 말 그대로 불가사의한 우정이다. 나는 파릇파릇한 애송이 가르다였다. 그는 사소한 충돌에 이골이 난 반백의 바텐더였고. 나는 아직도 그의 정확한 국적과 나이와 배경을 모른다.

그것들은 우리의 단골 술집만큼이나 자주 바뀌었다. 그동안 그는 자신을 이렇게 소개해왔다.

군인

기업가

화가

범죄자

완전한 거짓은 아니지만 디테일이 자주 바뀌다 보니 단 하나의 사실도 제대로 확인하기 힘들었다.

그는 진정한 카멜레온이었다. 자신이 선택하는 어떠한 환경에도 완벽하게 섞여 들어갔다. 처음 만났을 때 그는 북부 악센트를 구사했었다. 말투는 이언 페이즐리 같기도 하고, 이몬 맥캔 같기도 했다.

인상적인 만큼 섬뜩하기도 했다.

언젠가 그가 버나데트 데블린 흉내를 낸 적이 있었다. 소름이 돋을 만큼 똑같았다.

그는 골웨이로 온 지 일주일도 채 되지 않아 북부 악센트를 깨끗이 정리했다. 투암 너머로 가본 적이 없는 사람이라고 해도 믿을 정도였다.

하지만 그런 것들이 내게 경종을 울리지는 않았다. 오히려 그를 매력적으로 만들어줄 뿐이었다.

왜냐하면 나는 귀머거리나 다름없었으니까. 왜냐하면 중요한 얘기들을 전혀 들으려 하지 않았으니까. 왜냐하면 아직 어릴 때였으니까…….

왜냐하면

왜냐하면

왜냐하면

왜냐하면 그의 어두운 과거를 알고 싶지 않았으니까. 그래서 줄지어 서 있는 경고 표지판들을 못 본 척 지나쳐버렸다.

처음부터 그는 폭력으로 얼룩진 과거를 솔직하게 털어놓았다. 상대를 거의 살인할 뻔했던 술집에서의 난투극 같은 에피소드들.

그가 덧붙였다. "그거 알아, 잭?"

"뭐?"

"후회가 돼."

"가끔은 일이 감당 못 할 만큼 커져버리기도 하지."

"아니, 그 얘기가 아니야. 그때 그 자식을 죽여버리지 못했던 게 후회가 된다고."

나는 그냥 웃어 넘겼다.

내 스케줄은 심하게 변덕스러웠다. 사건이 터지면 길게는 48시간 동안 쉬지 못할 때도 있었다. 하지만 언제든 비번이 오면 서튼은 그날 일을 접고 나와 시간을 보냈다.

아직도 잊지 못하는 어느 토요일 밤과 일요일 아침, 우리는 로워 폴스의 싸구려 술집에서 술을 진탕 마셨다. 심상치 않은 공기와 화약 냄새가 쾌감을 배가시켰다. 술에서도 코르다이트(끈 모양의 무연 화약—옮긴이) 맛이 났다.

서튼이 환한 미소를 지으며 말했다. "바로 이거야. 이보다 더 좋을 순 없다고."

나는 아직도 손으로 깎아 만든 60센티미터짜리 하프를 가지고 있다. 롱 케시 왕립 교도소의 죄수들이 만든 것이다. 그걸 손에 넣은 후로 〈철조망 뒤의 남자들〉을 백 번 이상 들었던 것 같다.

맥주와 부시밀 위스키를 섞어 마시던 서튼이 내 쪽으로 몸을 기울였다. 그의 얼굴에서는 땀이 뚝뚝 떨어지고 있었다.

"여기 끝내주지, 잭?"

"나쁘지 않은데."

"이러지 말고 화끈하게 한번 놀아볼까?"

"어떻게?"

"몸이 근질근질한데 사람이나 죽이러 갈래?"

"뭐?"

"뭘 그리 놀라? 계집 하나 데리고 놀다가 죽여버리자는 건데."

"뭐라고?"

그가 다시 허리를 펴고 내 어깨를 살짝 꼬집으며 말했다. "농담이야. 왜 그리 심각한 거야, 잭?"

지난 몇 년간 그런 인상적인 에피소드가 여럿 있었다. 나는 그런 기억들을 빈 병과 기념비적 숙취들의 카펫 밑에 고이 보관해두었다.

때때로 그가 나를 증오한다는 불편한 생각이 들었다. 하지만 확인할 길이 없으니 괜히 애꿎은 술만 탓할 수밖에 없었다.

어느 날 저녁, 뉴리의 한 술집에서 그를 기다리고 있었다. 나는 이럴 때 꺼내 읽으려고 늘 책을 지니고 다녔다. 책에 한참 몰입하고 있을 때 그의 음성이 들려왔다.

"테일러, 또 책이야?"

그가 내 손에서 책을 낚아채고 제목을 확인했다. "하늘의 사냥 개, 프랜시스 톰슨?"

"너도 알아?"

그가 책을 펼쳐 들고 읽기 시작했다. "나는 그를 피해 밤낮으로 도망쳐 다녔다……."

나는 고개를 끄덕였다.

그가 말했다. "프랜시스 톰슨이 법석을 떨며 죽었지?"

"뭐?"

"알코올의존자들이 다 그렇잖아. 다들 법석 떨며 죽지 않나?"

"맙소사."

불안감이 찾아들 때마다 나는 애써 무시했다. 그리고 속으로 되뇌었다. '그는 내 친구야. 게다가 세상에 완벽한 사람이 어디 있겠어?'

/

발리나슬로의 도서관은 문이 닫혀 있었다. 보수 공사 때문이라나. 하는 수 없이 OT로 시간을 죽여야 했다. 테이블에는 작은 스프링이 가득 담긴 바구니가 놓여 있었다. 내가 할 일은 그것들을 바이로 볼펜에 하나씩 끼워 넣는 것이었다.

그 작업이 끝나면 리브리엄이 주어졌다. 나는 수면제가 제공될 때까지 빌의 눈에 띄지 않도록 주의했다. 발리나슬로에서의 마지막 꿈은 어찌나 생생하던지 전혀 꿈처럼 느껴지지 않았다.

꿈속에서 서튼이 말했다. "이젠 범죄소설 전문가가 됐겠는데."

"그렇지."

"짐 톰슨의 《내 안의 살인마》 읽어봤어?"

"아니."

"최고의 범죄소설을 아직 못 봤단 말이야?"

하지만 신은 분명히 있었다. 톰 존스의 노래로만 확인할 수 있는 게 아니었다. 퇴원하는 날, 나는 세탁되고 다림질된 옷을 되돌려 받을 수 있었다. 두툼한 지갑도. 어떤 주정꾼도 이렇게 많은 돈을 돌려받지 못한다. 그것은 자연의 법칙에 거스르는 일이다. 집을 나섰을 때 나는 30파운드 이상 지니고 있지 않았을 것이다. 나는 지갑을 빤히 내려다보았다.

내 반응을 오해한 간호사가 말했다. "안에 다 있을 거예요, 테일러 씨. 저흰 환자들 돈에 손을 대지 않습니다. 450파운드. 한번 세어보세요."

그녀가 쌩하니 나가버렸다. 나는 리 박사에게 작별 인사를 하러 갔다.

나는 말했다. "기부를 하고 싶은데요."

"술을 안 드시는 게 저흴 도와주시는 겁니다."

"내 말은……."

"압니다." 그가 한 손을 내밀며 말했다. "금주 모임이라는 단체가 있습니다."

"그렇죠."

"안타부스(알코올의존증 치료제 - 옮긴이)도 있고요."

"네."

그는 고개를 젓지 않았다. 그저 암시만 했을 뿐이었다.

"잭, 가족이나…… 친구분이 계십니까?"

"좋은 질문입니다."

"가서 찾아보세요."

하늘에는 태양이 이글거리고 있었다. 버스 한 대가 멈춰 섰다. 승객들 모두 나를 응시하고 있었다. 아일랜드에서 가장 악명 높은 정신병원을 등지고 서 있었으니 그런 시선을 받는 게 당연했다.

나는 그들에게 중지를 펴 보였다.

그들 대부분은 내게 박수를 보내주었다.

병원에서 얼마 떨어지지 않은 곳에 술집 하나가 자리하고 있었다. 유혹이 시작되자 가벼운 현기증이 일었다. 유혹의 손길은 그 어느 때보다도 거부하기 힘들었다. 안 돼…… 절대 안 돼. 나는 병원을 돌아보았다. 왠지 어딘가에서 리 박사가 지켜보며 고개를 끄덕이고 있을 것만 같았다. 나는 충동을 억누르고 계속 걸음을 옮겼다.

기차역. 다음 기차 시간까지는 30분쯤 남아 있었다. 나는 역내 식당에 자리를 잡고 앉았다. 주문은 하지 않았다. 의자에는 신문이 놓여 있었다. 끊이지 않는 세상 비판. 내 손에도 촌지 담긴 갈색 봉투가 쥐여져 있는 것 같았다. 날짜를 확인하는 순간 가슴이 철렁 내려앉았다. 나는 무려 12일간을 병원에서 보냈다. 한 사도에 하루씩. 계산해보니 사흘간 돈벌이를 못한 셈이었다.

기차가 도착했고, 나는 창가 좌석에 앉았다. 병원에서 지내는 동안 면도를 하지 못했다. 덕분에 얼굴은 그럭저럭 봐줄 만한 수염으로 뒤덮였다. 지금 내 모습은 크리스 크리스토퍼슨의 아버지를 연상시켰다. 주저앉은 코는 꽤 위협적으로 보였다. 병원을 나오면서 한동안 거울을 응시했었다. 그렇게 궁금증은 풀려버렸다. 눈. 맑고 생기 있는 내 눈. 초롱초롱하지는 않지만 이 정도면 충분히 맑은 편이었다. 시름시름 앓던 지난 몇 년간 볼 수 없었던 반가운 눈빛이었다.

애텐라이를 벗어나자 음료수 카트가 들어왔다. 열여덟 살쯤 돼 보이는 어린 남자 직원이 다가와 말했다.

"차, 커피, 생수 있습니다."

"차로 줘요."

그의 시선이 상처로 뒤덮인 내 몸을 훑었다.

"오토바이 타다가 넘어졌어요."

"와우."

"시속 140킬로미터로 달리다가 이렇게 됐죠."

"할리였나요?"

"당연하죠."

그의 얼굴에 미소가 떠올랐다. "술 한잔하시겠습니까?"

"네?"

"축소형 위스키가 있습니다. 싸게 드릴게요."

"아뇨…… 괜찮아요."

"하나 가격에 두 병. 어떻습니까?"

"안 돼요. 지금…… 진통제를 먹고 있거든요."

"아, 진통제."

마치 진통제에 대해 누구보다도 잘 알고 있다는 듯.

"이만 가봐야겠습니다. 몸조리 잘하십시오."

기차에서 내린 후 오랫동안 알고 지낸 택시 운전사를 만났다.

"짐이 없군요!"

"짐은 나중에 도착할 겁니다."

"잘 생각했어요."

이런 얘기를 무표정한 얼굴로 할 수 있어야만 손님을 태울 수 있다. 택시 운전사들은 이런 면에 대해서도 시험을 본다고 한다.

나는 에어스퀘어 너머의 술집들을 바라보았다. 배낭 여행자들은 너바나와 싸구려 호스텔을 찾아 분주하게 움직이고 있었다. 한쪽에 세워진 그레이트 서던에서는 요란한 음주가가 흘러나왔다.

나는 혼잣말로 중얼거렸다. "집으로 돌아온 걸 환영해."

죽음

그로건스로 들어서는 순간 불안함과 아드레날린이 뒤섞였다.
카운터 뒤의 숀은 나를 알아보지 못했다.

나는 말했다. "숀."

"그리즐리 애덤스잖아." 그가 카운터를 돌아 나오며 말했다.
"세상에, 대체 어디 있다 이제 나타난 거야? 다들 자넬 찾고 있었
다고. 앉아, 앉아. 늘 마시는 걸 가져올게."

"숀, 술은 안 돼요. 그냥 커피로 주세요."

"정말이야?"

"애석하게도 그래요."

"알았어."

어색했다. 술을 마시지 않겠다는 손님을 술집 주인이 반기다
니. 현기증이 찾아들자 나는 자리에 앉았다.

커피를 가져온 손이 말했다. "클럽 밀크도 넣었어."

나는 커피를 한 모금 넘기고 나서 말했다. "맛이 괜찮은데요."

그가 흥분한 아이처럼 손뼉을 치며 말했다. "이건 진짜 커피야.
평소엔 찌꺼기로 만들어 내왔지만 이건……."

"아주 좋아요. 기가 막힙니다."

그가 내 팔뚝에 손을 얹으며 말했다. "어떻게 된 일인지 다 털
어놔봐."

그런 주문은 항상 내 입을 봉해놓는다. 머리 회전이 딱 멎어버
린다. 하지만 그는 계속 이어나갔다.

"앤, 그 여자 있지? 하루도 빠지지 않고 여길 찾아왔었어. 전화
도 많이 했고. 그리고 서튼, 그 친구에게 엄청 시달렸어. 대체 왜
연락하지 않던 거지?"

"그럴 수가 없었어요."

"그랬군."

하지만 그는 전혀 이해하지 못했다.

그가 일어나며 말했다. "나중에 들려줘. 어쨌든 자네가 무사하
니 다행이야."

나는 서튼을 찾아보기로 했다. 그건 전혀 어려운 일이 아니었
다. 그는 스케프의 술집에 있었다. 그가 눈도 깜빡이지 않은 채
물었다.

"어떻게 된 거야?"

"일시적 탈신이었어."

"턱수염이 잘 어울리는데. 더 비열해 보여. 맥주로 할래, 위스키로 할래?"

"콜라."

"그래, 그럼. 바텐더!"

서튼은 맥주와 콜라를 창가 테이블로 가져갔다. 우리는 자리에 앉아 건배부터 했다.

"건배."

"건배."

"발리나슬로였어?"

"그래."

"리 박사도 아직 있고?"

"물론."

"좋은 사람이지."

"나도 그가 좋아."

서튼이 맥주잔을 들고 불빛에 비춰보며 말했다. "나도 두 번 가봤지. 처음 퇴원했을 때 난 술부터 찾았어."

"그 첫 번째 술집에서?"

그가 성의 없이 웃으며 말했다. "그래. 그곳 직원들 말이야, 주로 중독자들을 상대해서 그런지 꽤 도도하더군. 그렇게 진지한 분위기의 술집은 처음이었어. 병원에선 영업이 끝나는 시간에 맞취 마무리 팀을 보내는데 술집에서 발각되면 다시 잡혀 들어가야 해." 그가 잔의 반을 단숨에 비워낸 후 계속 이어나갔다. "두 번째 나왔을 땐 이틀에 걸쳐 퍼마셨지. 기분이 정말 최고였어. 아주 작 정하고 마셨거든."

"지금은?"

"네가 보는 그대로야. 브레이크를 적절히 밟아주며 마시지."

"효과는 있고?"

"전혀."

나는 술을 주문하려고 낮게 깐 채로 카운터로 다가갔다.

바텐더가 물었다. "콜라 한 잔 더 하시겠습니까?"

"차라리 손목을 긋고 죽는 게 낫지."

바텐더가 웃음을 터뜨렸다. 나는 다시 서튼에게로 돌아가 빵빵 해진 내 지갑에 대해 들려주었다.

"자네가 잠수를 탄 게…… 12일 전이었지? 희미하게나마 기억 이 나. 어떤 마약 딜러가 습격을 당한 사건이 있었어."

"뭐?"

"그래. 어떤 펑크 자식이 샐먼 위어 다리에서 피곤죽이 된 채로 발견됐대. 귀고리도 도둑맞았다고 하고. 가즈가 무척 기뻐하더군."

그가 붕대로 감긴 내 손을 쳐다보며 신음했다. "음…… 음…… 흠……."

그의 시선이 내 얼굴에 고정되었다.

"왜 포드 씨에 대해 묻지 않는 거지? 죽은 소아성애자 말이야."

"다 끝난 일 아니었어?"

"걱정 마, 친구. 사고사로 종결됐으니까. 그 친구 장례식에 참석했었어."

"농담하지 마."

"정말 썰렁하더군. 힙스 게임보다도 사람이 적었다는 사실이 믿어져?"

머릿속이 산란해졌다.

서튼이 내 어깨를 토닥이며 말했다. "속이 시원하지?"

／

나는 8시가 다 되어서야 집에 도착할 수 있었다. 내 집은 춥고
황량했다. 창가에는 빈 코냑 병이 뒹굴고 있었다. 나는 곧바로 앤
에게 전화를 걸었다.

그녀가 깜짝 놀라며 말했다. "세상에, 잭…… 괜찮아요?"

"네, 괜찮습니다. 일이 좀 있어서…… 혼자 있을 시간도 필요했
고요."

"이젠 완전히 돌아온 거죠?"

"그래요."

"잘됐네요. 당신을 위해서 촛불을 켜놓았어요."

"당신 기도가 큰 도움이 됐습니다."

그녀가 웃음을 터뜨렸다. 그렇게 긴장이 풀어져버렸다. 우리는 다음 날 점심을 같이 먹기로 했다. 수화기를 내려놓자 내 정신이 말짱하다는 걸 왜 밝히지 않았는지 궁금해졌다. 정신이 말짱한 게 아니라, 술에 취해 있지 않았을 뿐이지만. 그 둘의 차이는 엄청났다. 절제가 '맑은 정신'을 의미한다면 나는 아직 갈 길이 멀었다. 그녀에게 아무 말도 하지 않은 이유는 그녀를 만나 다시 술을 마시게 될지도 모르기 때문이었다.

콜라가 들어가니 머리가 쪼개질 듯 아팠다. 하지만 이 정도는 견딜 수 있었다. 그보다는 산란해진 마음이 더 문제였다.

재미없는 프로그램을 참고 보다가 11시에 TV를 껐다.

침대에 올라가 누웠지만 잠은 오지 않았다. 그래도 소아성애자의 얼굴이 눈앞에 아른거리지 않아 다행이었다.

/

천천히 흔들어줘요

꿈에도 사운드트랙이 있나? 악몽일 때는 헤비메탈이나 보이존이 흐르고. 잠에 빠져 있는 동안 남부 캘리포니아의 달콤한 음악이 들렸다. 나는 아버지 꿈을 꾸었다. 꿈속에서 어린 나는 아버지의 손을 잡고 에어스퀘어를 거닐고 있었다. 버스 한 대가 지나쳤고, 나는 큰 소리로 광고판을 읽었다.

패디

아버지는 크게 기뻐했다. 내가 읽은 그 단어는 아버지의 이름이기도 했다. 참고로, 태어나서 내가 맨 처음 읽은 단어는 바로 아일랜드 위스키 이름이었다.

하지만 그 무엇도 그 순간의 훈훈함을 흐려놓지 못했다. 아버지와 하나가 된 느낌이었다. 그동안 우리 관계를 손상시켜온 숱한 시련들도 다 무의미했다.

전화벨 소리가 내 잠을 깨웠다.

나는 시간도 확인하지 않고 응답했다. "여보세요."

"잭, 서튼이야."

"지금 몇 시지?"

"생각보다 많이 늦은 시간이야."

"서튼, 대체 무슨 일이야?"

"네가 괴로움에 잠을 못 이루고 있을 것 같아서 말이야."

"자고 있었어."

"내가 그 말을 믿을 것 같아? 아무튼 네가 잠수 탔을 때 어린놈들이 주정꾼들에게 불장난을 벌인 사건이 있었어."

"뭐?"

"정말이야. 주정꾼 놈들은 어떻게 보면 우리 형제나 다름없잖아. 그들은 걸어다니는 표적이나 다름없다고. 아무튼 지금 마음 맞는 사람들과 같이 있어. 우린 놈들의 두목을 잡으러 갈 거야."

"잡아서 뭘 하려고?"

"불장난."

"서튼!"

"같이 갈 거야, 말 거야?"

"미쳤어? 우리가 무슨 자경단이야?"

"정의를 되찾자는 거야."

"서튼, 이게 네가 말한 적절히 브레이크를 밟아가는 거야?"

그가 큰 소리로 웃음을 터뜨렸다. "이만 불장난하러 가봐야겠어."

잠이 확 달아나버렸다. 나는 몇 시간 동안 방 안을 맴돌았다. 벽지를 뜯어 잘근잘근 씹어 먹고 싶은 충동이 찾아들었다. 책장으로 다가가 존 샌포드를 뽑아 들었다. '프레이' 시리즈를 열두 권이나 써낸 작가라면 왠지 나를 실망시킬 것 같지 않았다.

금단 증상은 견디기 힘들 정도였다. 그는 사흘간 코카인에 절어 지냈다. 그리고 어젯밤, 그는 스톨리치나야를 한 병 사기 위해 허가를 받은 주류 판매점에 들렀다. 사흘간 코카인을 마셔댔으니 매끈한 착륙을 기대하는 건 무리였다. 거기다 보드카까지 들어갔으니 기체가 완전히 뒤집혀진 채 불시착한 셈이었다. 이제 그는 대가를 치를 것이다. 자신에게 주어지는 처분을 달게 받아들이게 될 것이다.

그만.

술 생각이 간절해졌다. 그것도 얼음처럼 차가운 스톨리치나야 생각이.

다시 침대에 누웠다. 고집스럽게 버티던 잠이 마지못해 내게로 돌아왔다.

다음 날 아침 9시 뉴스. 세 번째 꼭지.

오늘 새벽 에어스퀘어에서 한 청년이 불에 타 중화상을 입는
사건이 발생했습니다. 가르다는 용의자 네 명을 쫓고 있습니다.
클랜시 총경은 이번 사건이 얼마 전 노숙자들을 겨냥한 습격 사
건의 보복 행위로 보인다고 말했습니다.
 "자경주의적 폭력 행위나 사적 보복을 위해 법을 집행하려는
시도는 확실하게 근절하도록 하겠습니다."

그는 의회 시정연설이라도 하듯 두서없는 주절거림을 이어나

갔다.

나는 주저 없이 TV를 꺼버렸다.

나는 11시가 넘어 그로건스에 도착했다.

숀이 근심에 찬 얼굴로 물었다. "진짜 커피로 줄까, 찌꺼기 커피로 줄까?"

"제일 괜찮은 걸로요."

내 대답에 안도하는 그의 모습을 보니 씁쓸했다.

그가 커피포트와 토스트를 가져와 말했다. "배를 좀 채워둬."

"앉아요, 물어볼 게 있어요." 내가 말했다.

"뭔데?"

"내가 얼마 전까지 정신병원에 갇혀 있었다는 사실, 잊지 않았죠?"

그가 고개를 끄덕였다.

"서른이 이상해졌다고 생각하는 게 나 혼자뿐인가요?"

그가 넌더리내며 코웃음 쳤다. "난 처음부터 그 친구가 마음에 들지 않았어."

"네…… 아무튼 어떻게 생각해요?"

"자네가 왜 그 친구랑 어울려 다니는지 이해가 안 됐다고."

마치 생니를 억지로 잡아 뽑는 기분이었다.

"숀…… 숀, 알았어요. 이해한다고요. 그러니까 어떻게 생각하는지나 들려줘요."

"빨리 감금시켜야 해."

"고마워요, 숀. 그런 편견 없는 의견을 기대했어요."

숀이 일어나며 말했다. "한 가지 더 있어, 잭."

말린다고 그만두지도 않을 거면서.

"그 친구는 지옥행 열차를 탔어. 혼자 가기 싫어서 이놈 저놈에게 집적거리고 있는 거야."

그 친구는 한 시간 후에 나타났다.

"여기 오면 볼 수 있을 것 같았어. 손…… 맥주 한 잔 줘요."

그가 나를 유심히 살펴보며 말했다.

"아직도 맨 정신이야? 대단한데. 며칠 됐지? 하루?"

"13일."

"병원에서 보낸 날들은 빼야지."

"넣어도 돼."

손이 술을 가져와 거칠게 내려놓았다.

서튼이 말했다. "오늘은 왜 심기가 불편하신 거지?"

나는 말했다. "뉴스 봤어."

"그런 놈 하나 죽었다고 호들갑을 떨어대다니. 그거 알아? 놈의 친구들이 눈물을 쏟으면서 입을 모아 외치더군. '가즈를 불러!' 황당하지 않아?"

"그냥 죽일 수도 있었잖아."

"그러려고 노력은 했었어."

서튼은 무척 흥분한 상태였다. 마침내 하늘의 부름을 받기라도 한 사람 같았다. 그가 터져 나오려는 웃음을 애써 참으며 내 쪽으로 몸을 기울였다.

"다 자네 덕분이야, 잭."

"뭐?"

"자네가 그 변태 자식을 죽이는 것으로 길을 닦아놓았잖아. 놈들은 죽어 마땅한 인간쓰레기라고."

"이봐, 서튼, 정말 모르겠어? 이건 미친 짓이야."

"맞아, 장엄한 광기지."

요람을 흔드는 손

나는 중국 레스토랑에서 앤과 만나기로 했다. 혼자서 주절대는 서튼을 두고 일어나자 손이 나를 불러 세웠다.

"저 친구 그림을 내릴 거야."

"아, 그러지 말아요, 손."

"저 친구는 구제불능이야. 손님들도 힐링 스틱을 더 원하고 있고."

"손, 조금만 더 시간을 줘봐요. 저 친구, 지금 많이 흔들리고 있어요."

"흔들리고 있다고? 저 기회주의자가? 저 친군 상대의 귓속에 집을 지어놓고 세를 놓을 사람이야."

나는 매든스에 들어가 빨간 장미 여섯 송이를 샀다. 태어나서 처음 사보는 꽃이었다.

종업원이 말했다. "가지 모양 장식으로 해드릴까요, 부케로 만들어드릴까요?"

"글쎄요."

그녀가 웃음을 터뜨렸다.

나는 말했다. "포장만 잘해주세요."

"사람들이 보지 못하도록 말씀이시죠?"

"그래요."

"아, 안타깝네요. 진짜 사나이라면 당당히 꽃을 들고 다닐 수 있어야죠."

"그 말 명심할게요."

어떻게 들고 다니든 꽃다발은 눈에 잘 띌 수밖에 없었다. 어떻게 된 게 그런 날은 꼭 길에서 그간 알고 지낸 모든 이들과 맞닥뜨리게 된다. 그리고 그들 모두는 코미디언들이다.

"아, 정말 멋지군."

"꽃을 내밀며 고백하려고?"

"당신 자체가 꽃 같아 보여."

대부분 이런 반응이었다.

레스토랑에 일찍 도착한 나는 꽃을 잽싸게 테이블 밑에 숨겨놓았다.

여자 지배인이 말했다. "꽃을 넣어둘 물을 가져올게요."

"정말 안 그러셔도 됩니다."

그녀가 마실 걸 주문하겠느냐고 물었다.

"맥주…… 아니, 그러니까…… 콜라로 주세요."

온몸에서 땀이 배어 나왔다.

앤은…… 아름다웠다. 달리 표현할 단어가 없었다. 입 안이 바짝 타들어갔고, 가슴은 쿵쾅거렸다.

나는 일어서며 말했다. "앤."

그녀가 나를 와락 끌어안은 후 뒤로 물러나 내 몸을 위아래로 살폈다. "턱수염이 잘 어울리네요."

"고마워요."

"전혀 다른 사람 같아 보여요. 턱수염 때문만이 아니라."

잠시 머뭇거리던 나는 준비해온 꽃을 향해 손을 뻗었다. 와우, 이렇게 좋아할 줄이야!

우리는 자리에 앉았다.

그녀는 계속해서 꽃과 나를 번갈아 쳐다보았다. 솔직히 조금 부끄러웠다. 내 나이 거의 쉰. 이 나이에 이런 감정을 느끼다니.

그녀가 말했다. "좀 부끄럽네요."

"나도 그래요."

"정말요, 잭? 왠지 그 얘길 들으니 기분이 좋은데요."

웨이트리스가 다가오자 우리는 작정한 사람들처럼 주문을 시작했다.

차우멘

170

딤섬

새콤달콤한 요리들

웨이트리스가 물었다. "음료는요?"

나는 주저 없이 말했다. "난 콜라로 할게요…… 앤?"

"아, 나도 콜라 주세요." 웨이트리스가 사라지자 앤이 말했다. "눈이 하얗군요."

"하얗다고요?"

"아뇨, 내 말은…… 맑다고요."

"괜찮아요. 무슨 뜻인지 알아요."

침묵. 잠시 후 그녀가 다시 입을 열었다. "물어봐도 되나요? 아니면…… 그냥 덮어둘까요?"

"나도 처음이라 좀 어색하네요. 하지만 편하게 물어봐요."

"어렵나요?"

"사실은 좀 그래요."

주문한 음식이 도착했고, 우리는 곧바로 식사에 들어갔다. 나는 그녀가 먹는 모습을 지켜보는 게 좋았다.

그녀가 나를 쳐다보며 물었다. "왜요?"

"당신이 먹는 걸 지켜보는 게 좋아서요."

"그거, 좋은 일이죠? 아닌가요?"

"당연히 좋은 일이죠."

식사를 마친 후 우리는 키 가를 걸었다. 팔짱을 낀 채로. 기분
이 좋았다. 우리는 주어리스 앞에 멈춰 섰다.

그녀가 말했다. "묘지에 가봐야 해요. 난 매일 그곳을 찾거든요.
그리고 좋은 일이 있을 때마다 새라를 찾아가 들려주죠."

"나도 같이 갈게요."

"그래줄래요?"

"영광입니다."

우리는 도미닉 가에서 택시를 잡아탔다.

차에 오르기가 무섭게 운전사가 물었다. "광장에서 벌어진 사
건에 대해 들으셨습니까?"

앤이 말했다. "정말 끔찍하더군요."

나는 아무 말도 하지 않았다.

운전사가 말했다. "사람들이 가즈와 법원에 불만이 아주 많은 모양입니다. 그래서 직접 팔을 걷어붙인 거죠."

앤은 그 말에 동의하지 않았다. "설마 범인들을 옹호하는 건 아니겠죠?"

"밤마다 제가 뒷좌석에 태우는 사람들을 보셨다면 그런 말씀 못 하실 겁니다."

"하지만 사람에게 불을 붙인 건 심했잖아요."

"놈들이 먼저 주정꾼들에게 불을 붙이지 않았습니까. 가즈도 그 사실을 알고 있다고요."

"그래도요."

"그런 일이 부인의 아이에게 벌어졌다고 상상해보세요."

시인 육성의 비결:
"아이에게 최대한의 노이로제를 안겨줘라."

W. H. 오든

우리는 말없이 새라의 무덤으로 향했다. 팔짱은 끼지 않았다.
유감스러운 일이었다. 그런 스킨십이 나름 마음에 들었는데.
무덤은 놀라울 만큼 잘 관리되고 있었다. 아이의 이름이 새겨
진 수수한 나무 표지. 그 주변에 수북이 쌓인,

　　곰 인형
　　스누피
　　사탕과자
　　팔찌

모든 게 잘 정돈되어 있었다.
"그 애 친구들이 갖다놓은 거예요. 아직까지도 이렇게 챙겨주

더라고요."

앤은 그것들을 보면 더 애가 끓는 모양이었다.

"앤, 새라에게 장미를 줘요."

내 말에 그녀의 얼굴이 밝아졌다. "정말 괜찮겠어요, 잭? 그래도 돼요? 그 앤 장미를 좋아해요…… 아니, 좋아했어요. 아직까지도 시제가 헷갈리네요. 내가 어떻게 아이를 과거에 묻을 수가 있겠어요?" 그녀가 장미를 살며시 내려놓고는 십자가 옆에 앉으며 말했다. "비석에 '시인'이라고 새겨 넣을 거예요. 딱 그 단어만. 그 앤 시인이 되고 싶어 했어요."

나는 죽은 이들을 위한 에티켓을 몰랐다. 무릎을 꿇어야 하는지, 앉아야 하는지. 앤은 아이에게 말을 걸고 있었다. 그녀의 나지막하고, 부드러운 음성이 내 영혼을 울렸다.

나는 조용히 물러나왔다. 뒤로 돌아 걸으려다가 다가오던 노부부와 부딪칠 뻔했다.

그들이 말했다. "멋진 날이죠?"

맙소사. 나는 계속 걸음을 옮겨 아버지의 무덤에 도착했다.

"아버지, 어쩌다 보니 여기까지 오게 됐어요. 뭐 다 그런 거 아니겠습니까?"

물론 이건 헛소리였다. 서튼이 이런 나를 보았다면 당장 강제로 내게 술을 퍼먹였을 것이다. 최후를 의미하는 묘석은 언제 봐도 매력이 없다. 달랑 십자가 하나만 꽂혀 있을 때는 지금처럼 막막한 기분이 들지 않았는데.

어느새 앤이 바짝 다가와 서 있었다. "아버지 무덤인가요?"

나는 고개를 끄덕였다.

"아버지를 좋아했나요?"

"당연하죠."

"어떤 분이었나요?"

"아버지를 닮고 싶다는 생각을 해본 적은 없지만 모든 이에게 환영받는 아버지가 부럽긴 했죠."

"무슨 일을 하셨죠?"

"철도회사에서 일하셨습니다. 당시엔 꽤 괜찮은 직업이었죠. 매일 밤 9시가 되면 아버지는 모자를 챙겨 들고 맥주집으로 향하셨습니다. 그리고 꼭 두 잔씩 걸치셨죠. 가끔 그 이상 드실 때도 있었지만. 매일 두 잔 이상 걸치지 않으면 알코올의존증이 아니죠. 난 일주일간 참았다가 금요일에 몰아서 열네 잔 마실 겁니다."

그녀가 어색한 미소를 지었다.

계속 말을 이어나가야 할 분위기였다. 미친개처럼.

"내가 가즈에 들어갔을 때 아버지는 딱 한 말씀만 하셨어요. '일 때문에 과음하는 일은 없도록 해라.' 그리고 가즈에서 잘렸을 땐 이렇게 말씀하셨죠. '과거의 영광에 너무 집착하지 마라.' 템플 모어 시절, 교관이 이러더군요. '테일러에겐 밝은 미래가 기다리고 있을 거야.' 그가 얘기한 '밝은 미래'는 바로 '가스 점검원'이었죠. 그는 지금 수상의 경호팀에서 활동하고 있습니다. 충분히 그럴 능력이 있는 사람이에요. 아버진 책을 좋아하셨습니다. 항상 책이 지닌 힘을 강조하셨죠. 아버지가 돌아가신 지 얼마 되지 않았을 때였어요. 길을 걷고 있는데 누군가가 날 멈춰 세우고 이러더군요. '자네 아버진 책에 미친 사람이었어.' 그걸 묘비에 새겨 넣었어야 했는데. 그랬다면 아버지도 좋아하셨을 것 같아요."

기운이 쫙 빠졌다. 하지만 내 입은 멈출 줄 몰랐다.

"내겐 서튼이라는 친구가 있습니다. 그 친구는 한때 이렇게 적힌 티셔츠를 즐겨 입었죠."

만약 거만이 축복이라면
성도(聖都)를 한번 보라

앤은 이해가 안 된다는 표정이었다.

"그게 무슨 뜻이죠?"

"이해가 안 될 거예요. 나도 마찬가지고요."

앤은 자기 집으로 가자고 했고, 나도 그게 좋겠다고 했다.

그녀는 뉴캐슬 파크에 살고 있었다. 병원 바로 옆에. 시체 안치소로 통하는 길은 매스 패스였다. 자주 걷고 싶지 않은 길이었다.

현대식으로 지어진 그녀의 집은 밝고, 깨끗하고, 아늑했다. 사람이 사는 집다웠다.

그녀가 말했다. "차를 가져올게요."

잠시 후 그녀가 샌드위치가 수북이 쌓인 쟁반을 들고 나타났다. 두껍고 딱딱한 빵에 햄과 토마토와 버터를 넣어 만든 구식 샌

드위치였다.

"우아, 맛있겠는데요."

"빵은 그리핀스에서 사온 거예요. 항상 손님들로 붐비는 곳이죠."

차를 두 잔 비운 후 입을 열었다. "앤, 당신에게 할 말이 있어요."

"왠지 불길한 기운이 느껴지는데요."

"우리 사건에 대한 얘깁니다."

"돈이 필요한 거군요. 더 챙겨줄게요."

"앉아요. 돈 얘기가 아닙니다. 난…… 그 문제라면 아무 걱정 말아요. 만약 내가 새라를 죽인 범인이 죽었다고 하면 그걸로 만족할 수 있겠어요?"

"그게 무슨 뜻이죠? 그자가 정말 죽었나요?"

"네."

그녀가 허리를 곧게 세우며 말했다. "하지만 아무도 모르고 있던데요. 우리 애는 아직까지도 자살한 것으로 돼 있잖아요. 딸의 친구들과 학교가 그렇게 믿도록 내버려두는 건 옳지 않아요."

"알겠습니다."

"알겠다고요? 그게 무슨 뜻이죠, 잭? 그게 사실이란 걸 증명할 수 있나요?"

"모르겠습니다."

그것은 플랜터를 거쳐야 한다는 뜻이었다. 그녀가 내 제안을 받아들였다면 나는 굳이 이 얘기를 꺼내지 않았을 것이다.

내 생각에는.

하지만 문제는 입이 가벼운 서튼이었다. 내게는 달리 선택의
여지가 없었다.

"내게는 설교할 도덕관념이 없다.
그저 마음에 따라 일을 처리할 뿐이다."

프랜시스 베이컨

그날 저녁, 우리는 함께 잠자리에 들었다. 나는 고양이처럼 바짝 긴장하고 있었다.

나는 말했다. "취하지 않은 상태로 사랑을 나눠본 적이 없었는데 말이죠."

"훨씬 나을 거예요."

정말 그랬다.

자정이 다 된 시간, 나는 옷을 챙겨 입었다.

앤이 물었다. "자고 갈 거 아니에요?"

"아직은 좀 그렇습니다."

"알았어요."

침대를 내려온 그녀가 어딘가로 사라졌다가 몇 분 후 뭔가를 들고 다시 나타났다.

그녀가 말했다. "이걸 좀 봐줘요."

"그러죠."

"새라의 일기장이에요."

그녀가 가죽으로 장정된 핑크색 일기장을 넘겼다.

나는 움찔하며 말했다. "앤, 이건 안 돼요."

"왜죠?"

"십대 소녀의 일기장을 훔쳐보고 싶진 않습니다. 나쁜 일이니까요."

"그래도 이걸 봐야 새라가 어떤 아이인지…… 아이였는지 알 수 있잖아요. 부탁이에요."

"이런, 정말 이러고 싶진 않은데."

이런 상황이 나로 하여금 얼마나 절실히 술을 찾게 하는지 그녀에게 털어놓을 수는 없었다. 날더러 죽은 어린 소녀의 머릿속을 들여다보라니.

앤은 계속 일기장을 내밀었다.

"한번 노력해볼게요. 장담은 못 하지만 한번 해보죠."

그녀가 내게 달려들어 내 목에 입을 맞추었다. "고마워요, 잭."

집으로 걸어오는 동안 주머니 안의 일기장이 묵직한 폭탄처럼 느껴졌다. 캐시 B에게 대신 읽어달라고 부탁해볼까도 생각했지만 앤의 허락 없이 일기장을 넘기는 건 옳지 않았다. 그리고 그녀는 절대 허락하지 않을 것이다. 나는 쉴 새 없이 욕을 내뱉으며 10분 만에 집에 도착했다. 일기장은 침대 밑으로 밀어 넣었다. 내일 아침 눈을 떴을 때 가장 먼저 그게 눈에 들어오지 않도록. 밤에는 더더욱 펼쳐보고 싶지 않았다.

다음 날 아침, 샤워를 하고 커피를 만들어 마시고, 한동안 집 안을 빙빙 맴돌았다. 그리고 마침내 결심했다. 더 이상 피하지 않기로.

표지는 닳아 해진 상태였고, 핑크색 가죽에도 손때가 많이 묻어 있었다.

표지 안쪽에 이렇게 적혀 있었다.

이건
아일랜드 시인,
새라 헨더슨의 일기장입니다.

개인적인 공간이니

절대 훔쳐보면 안 돼요. 엄마!

쉽지 않을 거라고는 예상했지만……,

머릿속을 비우고 다시 들여다보았다. 대부분의 내용은 예상 가
능한 것들이었다. 학교, 친구들, 음악, 옷, 다이어트, 짝사랑.

그럭저럭 훑을 만하다가도 가끔씩 이런 내용이 튀어나왔다.

엄마가 크리스마스 선물로

휴대폰을 사주기로 하셨다.

역시 우리 엄마가 최고.

나는 비명을 지르고 싶었다.

아이가 플랜터스에서 파트타임으로 일하기 시작했을 때로 건
너뛰었다.

포드 씨는 정말 마음에 안 든다.

모든 여직원들이 뒤에서 그를 비웃는다.

어딘지 모르게 이상한 사람이다.

그러다가 갑자기 분위기가 달라졌다. 이제 아이는 흥분했고,
수줍어했으며, 황홀해하기까지 했다.

바트가 집까지 태워주겠다고 했다.

그는 최고급 차를 몬다.

아무래도 그에게 홀딱 빠져들 것만 같다.

그 후로 몇 페이지에 걸쳐 바트…… 성도 빼고, 그냥 바트……
바트와 새라의 이야기가 이어졌다. 마지막에 기록된 내용은 이
랬다.

더 이상 일기를 쓸 수 없게 됐다.

바트는 어린애들이나 일기를 쓰는 거라고 했다.

그는 금요일 파티에 같이 가주면 금팔찌를 사주겠다는 약속을
했다.

나는 수화기를 들고 캐시에게 전화를 걸었다.

그녀가 말했다. "대체 어디 있었죠?"

"비밀리에 조사할 게 있었어."

"이런 날씨에요?"

"그래."

"뭔가 필요한 게 있나요?"

"간단한 거야."

"얘기해요."

"플랜터의 배경을 조사했을 때 세부 사항을 메모해뒀지?"

"물론이죠."

"잘했어. 그 친구 본명이 어떻게 되지?"

"잠깐만요." 잠시 후 그녀가 말했다. "찾았어요. 어디 보자……
아, 여기 있네요. 바르톨로뮤(Bartholomew)."

"좋았어!"

"잠깐만요. 나 공연 잡혔어요."

"잘됐군. 언제?"

"이번 주 토요일, 로이진에서요. 올 수 있어요?"

"당연하지. 누굴 데려가도 될까?"

"수백 명을 몰고 와도 좋아요."

골웨이 만가

당신은 4월 내내 지켜봤다
의연함이라는 인내의 공간에서

로이진 덥은 주요 음악 활동사를 논할 때 절대 빠뜨릴 수 없는 곳이다. 이곳은 여전히 친밀한 분위기를 간직하고 있었다. 오늘도 여느 때처럼 관객들로 발 디딜 틈이 없었다. 앤은 짧은 가죽 재킷에 색 바랜 501 청바지 차림이었고, 머리는 뒤로 묶은 채였다.

나는 말했다. "공연과 잘 어울리는 차림이네요."

"괜찮나요?"

"끝내줍니다."

나는 머리부터 발끝까지 검은색으로 뒤덮여 있었다. 스웨트 셔츠와 코르덴 바지.

앤이 말했다. "못된 신부를 보는 것 같네요."

"거만해 보이나요?"

"아뇨, 그냥 타락한 신부 같아 보여요."

"음, 그것도 나쁘지 않은데요."

우리는 인파를 헤치고 무대 앞으로 다가갔다.

나는 말했다. "들어가서 캐시를 보고 올게요."

"많이 긴장하고 있을까요?"

"난 그런데요."

캐시는 작은 분장실에 있었다.

그녀가 말했다. "와줄 줄 알았어요."

"정말?"

"그럼요. 나이는 좀 들었지만 아직 쿨하잖아요. 자……."

그녀가 더블, 아니, 트리플 위스키가 담긴 글라스를 내밀었다.

나는 물었다. "뭔데?"

"잭이에요. 잭 다니엘스의 바로 그 잭. 이거 한 잔이면 발동이 걸릴 거예요."

"아니야. 됐어."

"네?"

"안 마실 거야."

그녀가 나를 돌아보며 말했다. "뭐라고요?"

"벌써 며칠 됐어. 계속 이런 상태를 유지하려고 애쓰는 중이라고."

"우아!"

필요하다면 그 말에 내 어금니를 걸 수도 있었다. 불빛을 받은 글라스 속 액체가 반짝거렸다. 나는 고개를 돌렸다.

캐시가 물었다. "그 턱수염은 뭐예요? 왜 기른 거죠?"

"의지의 표현이랄까?"

"아일랜드인다운 대답이군요. 아무 정보도 내주지 않는 답변. 나가요. 집중해야 할 시간이에요."

나는 몸을 숙이고 그녀의 정수리에 입을 맞추며 말했다. "스타트루퍼."

앤은 글라스를 쥐고 있었다. "콜라예요. 잘못 시킨 건가요?"

"콜라가 최고죠."

많은 사람들이 다가와 인사를 하며 턱수염에 대해 의견을 들려주었다. 그들은 하나같이 앤을 뚫어지게 쳐다보았다.

조명이 꺼졌다. 바 근처에서 서튼이 보인 것 같기도 했다.

캐시가 무대로 올라왔다. 시끌벅적하던 공연장이 조용해졌다.

그녀가 말했다. "안녕하세요."

"안녕하세요."

그녀는 곧바로 펑크록 버전의 〈골웨이 베이〉를 부르기 시작했다. 시드 비셔스가 〈마이 웨이〉를 불렀던 것처럼. 시드 비셔스와는 달리 캐시는 실력 있는 가수였다. 지겹도록 들어온 곡이었지만 그녀가 부르니 또 다른 느낌이었다. 다음 곡은 닐 영의 〈파우더핑거〉였다.

그녀는 크리시 하인드부터 앨리슨 모예까지 다양한 스타일을

소화해냈다. 마지막 곡은 마고 티민스의 〈미스가이디드 엔젤〉이
었다. 공연은 시작부터 마무리까지 거침없이 진행됐다. 공연이
끝나기가 무섭게 그녀는 사라졌다. 여기저기서 큰 박수와 휘파람
소리가 터져 나왔다. 앙코르 요청도 이어졌다.

　나는 앤에게 말했다. "캐시는 절대 앙코르 요청을 받아주지 않
아요."

　"왜죠?"

　"앙코르 곡을 남겨놓지 않고 본 공연에서 다 쏟아내거든요."

　오늘 공연도 예외는 아니었다.

　다시 조명이 들어왔다. 모두가 만족해하는 모습이었다.

　앤이 말했다. "정말 대단한데요. 목소리가 환상적이었어요."

　"술 한잔할래요? 난 괜찮으니까 뭐든 주문해요."

　"화이트 와인으로 할게요."

　"좋죠."

　와인을 받아 들고 앤에게로 돌아가려는데 갑자기 서튼이 나타
나 내 앞을 막아섰다. 그가 내 손에 쥐여진 글라스를 내려다보며
말했다.

　"와인이야? 이걸로 다시 시작하게?"

　"내가 마실 거 아니야."

　"뭐, 그건 내가 알 바 아니고. 아까 그 영국 아가씨, 실력이 대단
하던데. 침대에서도 죽여주지?"

　"자네 타입은 아니야."

"그들은 다 내 타입이야. 그건 그렇고, 플랜터 씨 기억해?"

"물론."

"화가들을 동경한다더군. 나름 진지한 수집가인 모양이야."

"통화를 해봤어?"

"괜찮은 친구더군. 내일 정오에 그 친구 집에서 만나기로 했어. 내 비서라고 소개할 테니까 같이 가자고."

"그를 만나서 어쩔 셈인데?"

"연기는 필요 없어. 난 화가야, 잭. 잊었어? 11시 30분에 데리러 갈게."

나는 앤에게 와인을 건네며 말했다. "캐시에게 인사하고 올게요."

"정말 대단했다고 전해줘요."

그것은 최고의 골웨이식 찬사였다. 캐시의 분장실은 난입한 팬들로 북적였다. 그녀의 얼굴은 잔뜩 상기되어 있었고, 눈은 반짝였다.

"정말 멋졌어."

"고마워요, 잭."

"많이 바쁜 것 같군. 그냥 인사나 하고 가려고 온 거야."

"그 턱수염, 깎지 말아요."

"괜찮아 보여?"

"터프해 보여서 좋아요."

뱀이 어찌나 많은 사람들을 물었던지 무모하게
밖으로 나오는 사람은 많지 않았다.
주인의 뱀 조련 실력은 유명했다.
사람들은 뱀을 향해 돌을 던졌고,
꼬리를 움켜쥔 채 질질 끌고 다니기도 했다.
뱀이 주인에게 불평하자 그가 말했다.
"넌 더 이상 사람들에게 위협을 주지 못하고 있어. 그게 문제야."
화가 난 뱀이 대꾸했다. "주인님이 내게 비폭력을 강조했잖아요."
"아니, 사람들을 해치지 말라고 했을 뿐이지
쉿 소리를 멈추라고 한 적은 없어."

다음 날 아침, 나는 직접 음식을 만들어 아침을 해결하기로 했
다. 아프지 않고 숙취에 시달리지 않는 기분은 색달랐다. 얼굴은
확실히 좋아지고 있었고, 아직 회복이 필요한 부분은 턱수염이
완벽히 가려주고 있었다. 달걀을 부치고, 두꺼운 빵의 가장자리
를 잘라냈다. 그리핀스에서 사온 것들이었다.

머그잔에 차를 가득 채우는 것으로 식사 준비를 마쳤다. 그때
초인종이 울렸다.

"빌어먹을."

서튼이었다.

나는 말했다. "왜 이리 일찍 왔어?"

"어제 잠을 못 잤어."

"들어와. 같이 아침이나 먹자고."

그는 나를 따라 들어왔다. 나는 새 접시를 하나 더 꺼내왔다.

"음료는 술로 줬으면 좋겠어."

"싸구려 스카치밖에 없어."

"나 자체가 싸구려인데 뭐. 커피를 조금 섞어주면 더 고맙고."

부쳐놓은 달걀은 이미 차갑게 식어 있었다. 커피와 스카치를
챙겨주자 그가 내 접시를 가리키며 말했다.

"그걸 정말 먹겠다고?"

"이젠 생각이 바뀌었어. 사실 난 이렇게 열을 내면서 먹는 게
좋아."

"음…… 왜 그리 퉁명스럽지?" 그가 방 구석구석을 둘러보며
말했다. "나도 여기서 살면 행복해질 것 같은데."

"뭐?"

"며칠 전 이 근처에 볼일이 있었어. 자네가 건들거리며 돌아다
니는 것도 봤고. 시간도 죽일 겸 이웃집 로라도 만나봤지."

"린다야."

"뭐, 아무튼 그 교활한 시골뜨기 여자도 만나봤어. 물론 내 매
력으로 살살 녹여버렸지. 내가 화가라는 걸 알고 나서는 자네 집
을 내주겠다고 하던데."

"그녀가 뭘 내줬다고?"

"메아리가 들리나? 왜 한 번에 못 알아듣지? 자네가 방을 뺄 거

라면서 좀 더 나은 세입자를 찾고 있는 중이라고 했어."

"나쁜 년."

"예술의 힘이 대단하지?"

"진심이야? 정말 내 집으로 들어올 거야?"

그가 일어나 남은 커피를 소리 내어 들이켠 후 눈을 크게 뜨고 나를 쳐다보았다.

"이봐, 친구. 내가 설마 자네에게 그런 막장 짓을 하겠어? 자넨 내 친구야. 자, 출발하자고. 예술이 부르고 있어."

낡은 폭스바겐 골프 한 대가 집 앞에 세워져 있었다. 눈부신 노란색.

"설마 이걸 타고 갈 건 아니겠지?"

"맞아. 볼보는 고장이 났어. 그래서 이걸 빌려온 거야."

"이걸 타고 가면 우리가 오는 걸 멀리서도 볼 수 있을 거야."

"그렇겠지."

플랜터는 욱터라드에 살고 있었다. 그의 집은 마을 입구에 자리하고 있었다. 특별해 보이지 않는 대저택.《댈러스》를 너무 사랑한 나머지 아일랜드에 자신만의 사우스포크를 만들어놓은 모양이었다.

나는 말했다. "맙소사!"

"그래도 인상적이지?"

나무가 줄지어 늘어선 긴 진입로로 들어섰다. 그의 집은 가까이서 보니 꽤 봐줄 만했다.

서튼이 말했다. "말은 내게 맡겨."

"그래준다면야 고맙지."

그가 초인종을 눌렀다. 현관문 위로 CCTV가 보였다. 문이 열리고 가정부 제복 차림의 젊은 여자가 나왔다.

"께?"

서튼이 악마 같은 미소를 흘리며 말했다. "부에노스 디아스, 세뇨리따. 전 세뇨르 서튼입니다, 엘 아르티스트."

그녀가 긴장한 얼굴로 킥킥 웃으며 들어오라고 손짓했다.

나는 서튼을 돌아보며 물었다. "스페인어도 할 줄 알아?"

"당연하지."

그녀는 우리를 넓은 서재로 안내했다.

"모멘또, 뽀르 파보르." 그녀가 말했다.

모든 벽은 수많은 그림들로 도배되어 있었다. 서튼이 그것들을 차례로 들여다보며 말했다.

"괜찮은 것도 몇몇 보이네."

누군가의 목소리가 대꾸했다. "마음에 드시는 게 있다니 다행입니다."

우리는 뒤를 돌아보았다.

플랜터가 문간에 서 있었다. 집도 그렇고, 사업도 그렇고, 평판도 그렇고, 왠지 당당한 풍채의 소유자일 거라고 예상했었다. 하지만 그는 전혀 그렇지 못했다. 키는 165센티미터 정도였고, 머리는 벗어졌으며, 얼굴에는 깊은 주름이 많이 나 있었다. 검은 눈

동자는 많은 비밀을 담고 있는 듯했다. 그는 폴로 로고가 박힌 스웨터와 낡은 코르덴 바지 차림이었다. 보나마나 옷장 어딘가에는 귀족들만 입는다는 외출용 바보 재킷이 보관되어 있을 것이다. 누구도 먼저 악수를 청하지 않았고, 어색한 기운이 감돌기 시작했다.

서튼이 입을 열었다. "전 서튼입니다. 이쪽은 제 비서, 잭이고요."

플랜터가 고개를 끄덕이며 물었다. "마실 거라도 내올까요?"

그가 손뼉을 한 번 치자 가정부가 다시 나타났다.

서튼이 말했다. "도스 *쎄르베사스.*"

우리는 그녀가 맥주를 가져올 때까지 말없이 서 있었다.

서튼이 맥주 두 병을 집어 들며 말했다. "잭은 마시지 않을 겁니다. 근무 중에 술이나 마시라고 봉급을 챙겨주는 게 아니거든요."

플랜터가 살짝 미소를 지으며 말했다. "앉으시죠."

그는 가죽 안락의자 앞으로 다가갔다. 나는 그의 발이 바닥에 닿는지 지켜보았다. 서튼은 그의 맞은편에 앉았고, 나는 그냥 서 있었다.

플랜터가 말했다. "오래전부터 팬이었습니다. 기회가 되면 꼭 작품을 주문하겠다고 마음먹었을 정도니까요."

서튼이 맥주 한 병을 단숨에 비우고 나서 트림을 했다. "초상화는 어떻습니까?"

"초상화도 그리십니까?"

"아직 그려본 적은 없지만 맥주만 충분히 주어진다면 팀북투

(아프리카 서부 말리에 있는 도시 – 옮긴이)인들 못 그리겠습니까?"

플랜터는 서튼의 그런 태도에도 흔들리지 않았다. 오히려 즐기는 분위기였다.

그가 말했다. "그렇군요. 전 풍경화를 좋아합니다."

"물은 어떻습니까?"

내 질문에 그가 흠칫 놀라더니 나를 돌아보며 물었다.

"뭐라고요?"

"물 말입니다, 바르톨로뮤. 그렇게 불러드려도 되겠죠? 혹시 니모 부두를 기억하십니까?"

그가 벌떡 일어났다. "이만 돌아가주시죠."

서튼이 말했다. "한 병만 더 하고 가면 안 될까요?"

"경찰을 부를까요?"

나는 말했다. "아닙니다. 저희가 알아서 나가겠습니다. 니모 문제는 다음에 얘기하도록 하죠."

나는 많은 것을 잃었다.
그중 가장 그리운 건 바로 나 자신이다.

플랜터의 집을 나오면서 나는 서튼에게 말했다.

"자동차 열쇠 넘겨."

"나도 운전할 수 있어."

"저 자식이 보고 있다가 가즈에게 신고하면 어쩌려고?"

내 운전 실력은 좋은 편이 못 됐다. 더군다나 왼손에는 붕대까지 감겨 있어서 더 위험했다. 하지만 술에 취한 서튼에게 운전을 맡기는 것보다는 나았다. 나는 잠시 기어와 씨름을 했다.

보다 못한 서튼이 소리쳤다. "그러다 클러치가 다 닳겠어."

"빌린 차라고 했잖아."

"빌린 거지, 쓰고 버릴 게 아니라고."

나는 조바심에 찬 다른 운전자들을 무시한 채 천천히 차를 몰았다.

서튼이 말했다. "네가 다 망쳐놨어."

"그게 무슨 소리야?"

"플랜터! 입 닫고 있으라고 당부했잖아."

"난 비서 노릇에 서툴러."

"난 그 친구 머릿속을 더 휘저어놓고 싶었다고."

"이젠 어쩌지?"

"차분히 머릴 굴려봐야지."

"그게 계획이야?"

"내가 언제 이게 좋은 계획이라고 했어?"

마침내 골웨이에 도착했다. 서튼은 잠들어 있었다. 그를 흔들어 깨우자 그는 깜짝 놀라며 눈을 떴다.

"뭐야?"

"다 왔어. 여기서부턴 자네가 해."

"빌어먹을 악몽이었어. 토브 후퍼가 들었다면 아마 날 자랑스럽게 여겼을걸. 입 안에 카나리아 똥을 물고 있는 기분이야."

"들어와서 샤워나 하고 갈래?"

"아니, 가서 잘래."

나는 차에서 내렸다. 서튼이 몸을 바르르 떨며 말했다.

"잭, 설마 날 신고하려는 건 아니겠지?"

"뭐?"

"만약 그런 일이 벌어지면 꽤 유감스러울 것 같거든. 자네와 나, 우린 한 배를 탄 입장이잖아."

"내가 자넬 어디에 신고할 수 있지?"

"가즈. 옛말에 이런 게 있지. 한번 가르다는 영원한 가르다! 자네가 옛 동료들에게 점수를 따고 싶어 할지도 모르잖아."

"미쳤어?"

그가 오랫동안 나를 똑바로 쳐다보았다. "자넨 성실히 살려고 애쓰는 중이잖아. 술에 절어 살 때도 충분히 예측이 가능한 친구였는데."

"가서 잠이나 자."

"잭, 잘 생각해봐."

그가 기어를 넣고 미끄러지듯 차를 몰았다. 나는 집으로 들어가 다시 아침식사를 준비해보려 했지만 의욕이 생기지 않았다. 그냥 커피에 만족하기로 하고 의자에 풀썩 주저앉았다. 그리고 그가 했던 말을 찬찬히 곱씹어보기 시작했다. 그의 억지 주장에 진실이 얼마나 담겼는지 생각해보았다. 술 한 잔이면 그 어떤 잡념도, 세상의 모든 것도 씻어버릴 수 있었다.

나는 플랜터를 떠올렸다. 아무리 머리를 굴려봐도 그에게 새라의 죽음에 대한 책임을 물을 방법이 떠오르지 않았다. 내 집을 지킬 수 있는 시간이 얼마 남지 않았다. 곧 노숙자가 될 처지였지만 그에 어울리는 턱수염이 있다는 사실은 내게 위안을 주었다.

／

　그 후로 며칠 동안 서튼으로부터 아무런 연락도 받지 못했다. 스케프에 찾아가 보기도 했지만 그를 만날 수 없었다. 그로건스에 들어가니 숀이 진짜 커피를 내왔다.

　나는 물었다. "오늘은 비스킷 없습니까?"

　"이젠 필요 없을 것 같아서."

　"숀."

　"왜?"

　"날 알고 지낸 지…… 얼마나 됐죠?"

　"그게 무슨 바보 같은 질문이야?"

　"거의 모든 상태의 내 모습을 봐왔죠?"

"당연하지."

"그럼 누구보다도 나에 대해 잘 알고 있다고 봐도 되겠네요."

"그렇지."

"내가 친구를 배신할 사람입니까?"

그는 전혀 놀라지 않았다. 적어도 놀라는 기색을 보이지 않았다. 그는 잠시 골똘히 생각에 잠겼다. 솔직히 나는 그가 한 치의 머뭇거림도 없이 "물론 아니지"라고 대답할 줄 알았다. 마침내 그가 내 눈을 똑바로 쳐다보며 말했다.

"한때는 자네도 가르다였잖아."

그리고 나는
아무 이유 없이
네 손을 잡아주었다.

사실 시간이 흐르는 게 아니다. 우리가 흐르는 것이다. 이유는 알 수 없지만 그것은 내가 태어나 배운 것들 중 가장 슬픈 사실이다. 그리고 나는 모든 걸 쓰라린 경험을 통해 배웠다.

알코올의존자의 가장 큰 흠은 과거를 거울삼으려 하지 않는다는 것이다.

내가 과거를 통해 배운 것은 술을 마시면 대혼란이 온다는 사실이었다. 더 이상 착각은 없었다. 물론 지금도 스카치 뚜껑을 따고 싶어 미칠 것 같다. 맥주 파티를 벌이고 싶은 생각도 굴뚝같고. 눈을 감으면 테이블이 나타났다. 물론 나무 테이블이었다. 그 위에는 기네스 수십 잔이 줄지어 놓여 있었다. 탐스러운 거품…… 아, 완벽했다.

나는 벌떡 일어나 몸을 세차게 흔들어 털었다. 산 채로 잡아먹히는 기분이었다. 골웨이는 산책하기 좋은 곳이다. 특히 해변 산책로는 인기가 좋다. 한때 골웨이 사람들만이 누릴 수 있었던 코스다. 그래턴 가를 출발해 시포인트를 지나쳐 걸으면 됐다. 잠시 멈춰 서서 과거 쇼밴드들의 유령에 귀 기울여보는 것도 좋다.

로열

딕시스

하우다우너스

마이애미

순수의 시대였다고는 할 수 없지만 지금보다 훨씬 덜 복잡했던 것은 사실이다. 음악이 흐르는 중에 휴대폰이 울려 분위기를 망치는 일도 없었을 것이고. 클로드 토포트를 지나 해변을 올라가면 블랙록이 나타난다. 그곳에서는 누구든 신발로 벽을 건드리는 의식을 치러야 한다.

그곳은 어느새 관광 명소가 되어버렸다. 일본인들은 가라테 스타일로 벽을 걷어차기도 한다.

나는 그런 행동을 반대하지는 않지만 신경이 거슬리는 건 어쩔 수 없다.

이해는 안 되지만.

나는 산책에 앞서 카페인을 보충하기로 했다.

그곳에는 보초가 있었다. 등받이 없는 걸상에 앉은 두 명이 밤낮으로 근무를 섰다. 항상 똑같은 두 남자가. 그들은 천으로 만든 모자를 썼고, 두꺼운 방수 작업복에 테릴렌 바지를 걸치고 있었다. 그들은 절대 나란히 앉는 법이 없었다. 항상 멀리 떨어진 채 술을 마시는 그들은 서로 아는 사이 같지 않았다.

흥미로운 점 한 가지.

몰래 다가가도, 불시에 들이닥쳐도 절대 바뀌지 않는 게 하나 있다. 반쯤 찬 기네스 두 잔. 마치 함께 짜기라도 한 듯이. 하지만 근래 들어 글라스가 꽉 차 있거나 완전히 비어 있을 때가 가끔 있다. 변화의 시작을 알리는 신호다.

항상 앉는 자리로 향하면서 그들의 글라스를 흘끔 쳐다보았다. 역시. 반쯤 찬 글라스 두 개가 눈에 들어왔다.

성미 급한 손이 다가와 내 앞에 커피를 내려놓았다. 그는 말이 없었다.

나는 말했다. "좋은 아침입니다."

"전혀 그렇지 못해."

나는 분위기를 파악하고 조용히 커피를 홀짝였다. 조금 미지근했지만 그런 불평을 털어놓기에는 손의 표정이 너무 좋지 않았다. 나는 신문을 흘끔 훑었다. 가르다가 새 EU 특수임무 수행단에 포함되지 않을 거라는 기사가 보였다.

알 듯 말 듯한 남자가 다가와 물었다. "잠깐 얘기 좀 나눴으면 하는데요, 잭."

"좋습니다. 앉아요."

"날 기억하는진 모르겠지만, 필 조이스입니다."

"당연히 기억하죠."

그것은 거짓말이었다.

그가 자리에 앉아 담배와 종이를 꺼내며 물었다. "한 대 말아 피워도 되겠죠?"

"좋을 대로 해요."

그는 담배를 말기 시작했다.

그는 두개골 흡연자였다. 니코틴을 어찌나 힘껏 빨아들이는지 광대뼈가 불룩 튀어나올 정도였다. 그가 긴 한숨과 함께 연기를 뿜어냈다. 만족의 표현인지, 고뇌의 표현인지 알 길이 없었다.

그가 말했다. "코카인 빨던 시절부터 당신을 알고 있었습니다."

그리운 시절. 코카인을 하고, 여자를 만나 영화를 보고, 산책을 하고, 운이 좋으면 아무 이유 없이 함께 손도 잡고. 그렇게 '관계' 가 형성되었지만 우리는 모든 단계에서 복병을 만나게 됐다.

논쟁

권한

그리고

내면의 아이

다시 코카인을 찾게 만드는 요인들.

꽃보다 심리치료를 더 반기는 상황.

"술을 끊었다고 들었습니다."

"그래요."

"잘하셨습니다. 그건 그렇고, 추천서 한 장 써줄 수 있습니까?"

"왜요?"

"우체국에 이력서를 넣어보려고요."

"써주는 거야 어렵지 않지만 내 추천서가 도움이 될진 모르겠습니다."

"그런 건 상관없어요. 일자리를 원하는 게 아니니까."

"뭐라고요?"

"이래야 계속 실업수당을 타낼 수 있거든요. 할 수 있는 건 다 해보려고요."

"음…… 알겠습니다."

"고마워요."

그는 다시 자기 자리로 돌아갔다. 나는 일어나 지갑을 꺼냈다. 숀이 다가와 물었다. "뭐 하는 거야?"

"커피값 내려고요."

"허…… 언제부터 커피값을 챙기기 시작했지?"

더 이상 참을 수가 없었다.

나는 언짢아하며 말했다. "자꾸 이렇게 짜증나게 할 겁니까?"

"어디서 언성을 높이고 그래, 테일러?"

나는 그를 스치고 나오며 말했다. "괴팍한 노인네 같으니라고."

얼마 전 골웨이 대성당 미사에서
젊은 신세대 여행자가 복제 총을 휘두르면서
신도들을 공포에 떨게 한 사건이 있었다.
현장에서 체포된 그는 6파운드의 보석금을 내고 풀려났다.
그가 무일푼이었기 때문이다. 지역 주민이기도 한 그의
신세대 친구들은 이름을 붙인 열한 마리의 쥐를 길들여
그들의 텐트에서 키웠다. 칼스버그 광고에 나오는 남자처럼
그저 이렇게 묻는 수밖에 없다.
"대체 왜?"

나는 키 가를 따라 걸어 나갔다. 이곳 토박이들은 '키' 대신 '케이'라고 발음한다. 악마의 늑골 하나가 부러졌는지 눈부신 햇살 한줄기가 새어 나와 건물들을 비추고 있었다.

그림자가 다가왔다. 두목 주정꾼. 패드릭이었다. 그에 대해서는 소문이 많았다. 유복한 가정에서 태어났다는 그는,

교사였고

변호사였고

뇌외과 의사였다고 한다.

그는 문학적 인용을 무척 즐겼다. 오늘따라 기분이 좋아 보이지 않는 그가 말했다.

"어서 오시게, 내 털보 친구. 나처럼 늦겨울 동지점을 만끽하러 나온 건가?"

나는 미소를 지으며 그에게 몇 파운드를 쥐여주었다. 우리 둘 다 그의 떨리는 손을 못 본 척했다. 그는 키가 165센티미터쯤 됐고 수척했으며, 하얀 머리가 지저분했다. 얼굴에는 터진 혈관들이 퉁퉁 부어올라 있었다. 부러진 코를 보니 묘한 동지애가 느껴졌다.

빨간 바탕 속의 새파란 눈. 육지 측량부가 흥미를 보일 만한 눈이었다.

그가 말했다. "내가 그대 아버지를 아는가?"

"패디…… 패디 테일러."

"신비하고 심미안이 있는 분이셨지. 안 그런가?"

"뭐 그러셨지."

"과거 시제를 쓰는 걸 보니 이미 작고하셨거나…… 영국에 계신 모양이군."

"돌아가셨어."

패드릭이 갑자기 목청을 높여 노래를 부르기 시작했다. 그것은 묘하게도 내 심금을 울렸다. 그의 노래, 아니, 고함이 이어졌다.

무턱대고. 무턱대고

마침내

우리는 떠나네.

그가 몸을 구부려 담배꽁초를 주웠다. 그리고 주방용 성냥으로 불을 붙였다. 나는 더 이상 노래가 이어지지 않기를 바라며 주변을 슥 돌아보았다. 그가 담배를 한 모금 길게 빤 후 니코틴 연기를 뿜어냈다.

그 어디에도
머물지 않고
마침내 영면에 빠지네.

그가 잠시 숨을 돌리는 틈을 타 내가 끼어들었다.
"돈을 더 줄 테니까 노래 좀 멈춰주겠어?"
그가 누런 이를 드러내며 웃었다. 나머지 치아는 싸움질로 전부 빠져버린 상태였다.
"기꺼이."
나는 그에게 1파운드를 건넸다.
그가 돈을 살피며 말했다. "난 유로도 받는다네."
나는 클라다로 들어갔다. 왼쪽으로는 스페인 아치가 우뚝 서 있었다. 패드릭은 계속 졸졸 따라왔다.
"자넨 후한 친구야. 특히 정보를 나누는 데 있어서는. 간결성과 명쾌함도 마음에 쏙 들고 말이지."
내게 대꾸할 기회도 주지 않고 그는 격한 기침을 시작했다. 그의 입에서 가래와 식별 불가능한 물질들이 쏟아져 나왔다. 나는 그에게 손수건을 건넸다. 그는 손수건으로 촉촉해진 눈가를 훔쳐 냈다.

"자네에게 빚을 졌네, 테일러. 동료 방랑자들도 손수건을 내주는 일이 거의 없는데."

"어디 악센트인지 잘 모르겠는데."

"그걸 알아내는 건 쉽지 않을 거야. 내게 안정된 수입을 기대하는 것만큼이나. 머릴 굴릴수록 답답해 미쳐버릴걸."

대꾸할 말이 없었다. 그래서 시도조차 하지 않았다.

그가 말했다. "내 인생의 암흑기에 라우스의 어느 시골 마을을 떠나왔다네. 그 불모의 땅을 들어본 적이 있는가?"

"아니."

나는 그의 말투를 따라하지 않으려 무던히 애쓰고 있었다. 의외로 전염성이 컸다. 그가 묵직한 트위드 코트 안을 뒤적이다가 갈색 병 하나를 꺼내 들었다.

"싸구려 와인 한잔하겠나?"

그가 손수건으로 자신의 목을 훔쳤다. 나는 고개를 저었다. 그는 내 반응에 전혀 개의치 않았다.

"내가 기억하는 유일한 조언은 아무리 잘해도 운 좋은 놈은 따라갈 수 없다는 걸세."

"그럼 넌?"

"응?"

"네가 운이 좋다고 생각해?"

그가 웃음을 터뜨렸다. "내가 뭐라도 잘했던 건 아주 오래전의 일이네. 이게 무슨 뜻인지는 알아서 이해하게나."

벽 뒤에서 주정꾼 한 무리가 우르르 나타났다. 패드릭이 흥분한 척하며 몸을 떨었다.

"동지들이 기다리고 있군. 기회가 되면 나중에 또 보세나."

"좋지."

의욕에 찬 대꾸는 아니었지만 분명 찬성의 의미를 담고 있기는 했다.

마침내 솔트힐에 다다랐다. 나는 벽을 따라 이동하며 발길질을 해대기 시작했다. 갑자기 그로건스의 두 보초가 떠올랐다. 어느 날이든 정오만 되면 그들은 모자를 벗고 삼종기도를 올렸다. 고개까지 푹 숙인 채로.

신번영의 시대는 집 몇 채와 키 가의 전당포를 제외한 거의 모든 것을 쓸어버렸다. 하지만 변화를 아쉬워할 사람이 과연 있을까? 삼종기도조차도 잊혀가고 있는데.

술을 끊으면 머릿속이 복잡해진다. 수백 개의 생각이 한꺼번에 몰려든다.

스무 살을 갓 넘긴 듯한 젊은 친구 셋이 나를 지나쳐 갔다. 그들은 테넌츠 슈퍼 캔을 하나씩 쥐고 있었다. 원했다면 그들을 뒤에서 습격할 수도 있었다. 맥주 냄새가 나를 절박하게 부르고 있었다.

언젠가 키스 애블로의 책을 읽어보았다. 정신과 의사이자 법의

학자인 그는 이렇게 말했다.

우리에게는 술이 필요하다. 시작은 항상 그렇다. 필요. 그것에
는 진심이 담긴다. 내게도 필요한 게 있었다. 맡겨진 임무를 수
행할 수 있는 용기. 내게는 그게 없었다. 술은 우리가 겁쟁이라
는 사실을 잊게 해준다. 적어도 한동안은. 술이 남아 있을 때까
지만은. 무엇이든 우리가 맞서야 하는 것들은 갈고리발톱을 가
진 무시무시한 괴물로 변해버린다. 그리고 그 괴물은 우리가 들
이켜는 속도보다 빠르게 술을 배출해낸다.

정확히 짚었다.

물리학의 법칙을 명심하라.
모든 힘은 동등하고, 상반하는 힘을 발생시킨다.
특전은 시스템을 거스르게 한다.
사탄에게 도전장을 던지는 것과도 다르지 않다.
어리석게 굴다가는 끔찍한 지옥을 경험하게 될 것이다.

다음 날, 산책으로 활기를 되찾은 나는 손의 상태를 확인해보기로 했다.

주치의가 있었지만 이미 오래전에 연락이 끊어졌다. 언젠가 강력한 진정제를 얻으러 갔다가 보기 좋게 쫓겨난 적도 있다.

그가 아직 살아 있는지도 알 길이 없었다. 나는 운에 맡기고 크레센트로 가보았다.

해안과 도시를 이어주는, 휴게소 같은 그 동네는 마을의 할리가(일류 의사들의 동네―옮긴이)다. 그의 명판은 아직도 제자리를 지키고 있었다. 안으로 들어가자 젊은 접수원이 물었다.

"어떻게 오셨죠?"

"이곳 환자였습니다. 아직도 내 파일이 보관돼 있는지 모르겠군요."

"한번 살펴볼게요."

나는 묵묵히 기다렸다.

그녀가 찾아든 파일을 훑으며 말했다. "아, 가르다이시군요."

젠장, 대체 얼마 만에 온 거지?

그녀가 내 턱수염을 쳐다보았다.

"비밀경찰입니다."

그녀는 믿지 않는 눈치였다. "박사님께서 시간을 내주실 수 있는지 알아볼게요."

고맙게도 그는 나를 만나주었다.

그는 많이 늙어 있었다. 나도 마찬가지지만.

그가 말했다. "아니, 전장에서 막 돌아왔나요?"

"그렇습니다."

그가 검진을 마친 후 말했다. "손가락 깁스는 몇 주 더 하고 있어야 합니다. 코는 잘 붙은 것 같고요. 아직도 술을 마시나요?"

"끊었습니다."

"잘했습니다. 다른 데선 알코올도 단위로 잽니다. 하루에 얼마나 마시는지. 하지만 난 구식입니다. 알코올이 얼마나 많은 사람들을 망쳐놓는지를 재죠."

왠지 농담인 것 같아 그냥 한 귀로 흘려버렸다.

그가 말했다. "신의 가호가 있기를."

나는 그로건스에 가지 않았다.

"오늘은 숀의 잔소리를 듣고 싶지 않아."

내 집 밖에서 린다와 마주쳤다.

"2주 밖에 남지 않았어요. 빨리 새집을 찾아보는 게 좋을 거예요." 그녀가 말했다.

나는 뭐라고 대꾸할지를 놓고 고민한 끝에 이렇게 말해버렸다. "신의 가호가 있기를."

그날 저녁, 스카이 스포츠 채널을 보고 있는데 전화벨이 울렸다. 앤이었다.

나는 부드럽게 말했다. "안녕, 허니."

"잭, 사고가 있었어요. 안 좋은 소식이에요."

"네? 무슨?"

"숀…… 그가 죽었어요."

"말도 안 돼!"

"잭…… 잭, 여기 병원이에요. 그들이 숀을 여기로 데려왔어요."

"거기서 기다려요. 지금 갈게요."

나는 수화기를 내려놓았다. 그리고 왼손으로 벽을 후려쳤다. 다친 손가락들에서 극심한 통증이 느껴졌다. 나는 네댓 번 더 주먹을 날린 후 통증에 못 이겨 주저앉아버렸다. 비통의 울부짖음이 나를 오싹하게 만들었다. 내 입에서 터져 나오는 소리임에도.

앤은 병원 정문에서 기다리고 있었다. 그녀가 나를 끌어안기 위해 달려들었지만 나는 곤란하다고 손짓했다.

그녀가 내 손을 보더니 물었다. "어떻게 된 거예요?"

"넘어졌어요. 술 마시다 그런 건 아니고요."

"난 그저……."

나는 오른손으로 그녀의 손을 잡으며 말했다. "알아요. 그는 어디 있죠? 어떻게 된 거예요?"

"뺑소니였어요. 현장에서 즉사했대요."

"그걸 경찰이 어떻게 알죠?"

3층으로 올라가니 의사와 가르다 두 명이 눈에 들어왔다.

의사가 물었다. "피해자 가족이신가요?"

"모르겠습니다."

가르다 두 명이 눈빛을 교환했다.

"그를 봐도 되겠습니까?" 나는 물었다.

의사가 앤을 돌아보며 말했다. "그건 별로 좋은 생각이 아닌 것 같습니다."

"날 압니까?"

그가 고개를 저었고, 나는 말을 계속 이어나갔다.

"그럴 줄 알았습니다. 날 알지도 못하면서 좋은 생각이 아닌지 어떻게 알죠?"

가르다 중 하나가 말했다. "이봐요."

"따라오시죠." 의사가 말했다.

그는 나를 이끌고 복도를 걸어 나갔다. 그리고 문간에 멈춰 서며 말했다.

"마음의 준비를 단단히 하십시오. 시신 처리가 아직 덜 됐습니다."

나는 대꾸하지 않았다.

침대에는 커튼이 둘러져 있었다. 의사가 마지막으로 나를 흘끔 쳐다본 후 커튼을 걷으며 말했다.

"전 나가서 기다리겠습니다."

숀은 축 늘어진 모습으로 침대에 누워 있었다. 그의 이마에는 진한 멍자국이 나 있었다. 얼굴은 깊은 상처들로 덮여 있었고, 바지는 갈기갈기 찢겨 있었으며, 앙상한 무릎은 흉측하게 튀어나와 있었다. 그는 내가 크리스마스 선물로 준 짙은 남색 스웨터 차림을 하고 있었다. 스웨터도 엉망이었다.

나는 몸을 숙이고 그의 얼굴을 들여다보았다. 내 눈에서 배어 나온 눈물이 그의 이마에 떨어졌다. 나는 그의 이마를 훔쳐내고 그의 눈썹에 입을 맞추며 말했다.

"술을 완전히 끊었어요. 잘했죠?"

당신은 냉담한 인사의 홍수 속에 살지만
가난한 나는 아무 희망도 없는 세상에 산다.

앤은 내 손도 검사를 받아보는 게 좋다고 했다. 결국 내 손에는
새 깁스가 씌워지게 됐다.

간호사가 퉁명스럽게 말했다. "손가락 좀 그만 부러뜨리세요."

그야말로 단도직입적인 주문이었다. 앤은 내 집으로 가고 싶어
했지만 나는 당분간 혼자 있고 싶다고 했다.

"술은 마시지 않을 거예요."

"잭······."

"손을 위해서라도 그래야 해요."

"당신 자신을 위해서도 그렇고요."

그 말에는 아무 대꾸도 할 수 없었다.

나는 진통제를 받았다. 의사는 하루에 두 알만 먹으라고 했다. 집에 돌아오기가 무섭게 나는 세 알을 꺼내 먹었다. 금세 몽롱한 기분이 찾아들었다. 만족스러운 초연함. 나는 미소를 지으며 침대에 올랐다. 무슨 꿈을 꾸고 있는지는 몰라도 그게 마음에 들었다.

시간이 얼마나 흘렀을까, 누군가가 내 어깨를 붙잡고 살살 흔들어댔다. 서서히 정신이 들었다. 서튼이 눈앞에 우뚝 서 있었다.

"완전히 곯아떨어졌던데."

"서튼, 대체…… 여긴 어떻게 들어왔지?"

어둠 속에서도 그의 미소는 똑똑히 보였다.

"아직도 날 몰라, 잭? 내가 못 들어가는 곳은 없다고. 자, 커피를 가져왔어."

일어나 앉자, 그가 내게 머그잔을 건넸다. 커피를 입으로 가져가니 브랜디 냄새가 났다.

나는 빽 소리쳤다. "이게 뭐야? 술을 탔잖아."

"충격을 받았을 땐 이게 최고야. 손이 그렇게 된 건 유감이야."

나는 커피를 밀쳐내고 침대를 내려와 청바지를 걸쳤다.

서튼이 말했다. "밖에서 기다릴게."

화장실로 들어가 거울을 들여다보니, 동공의 초점이 흐릿했다.

나는 몸을 떨며 생각했다. '여기다 브랜디까지 들이부었으면 어쩔 뻔했어?'

나는 차가운 물을 틀고 수도꼭지 밑으로 머리를 들이밀었다. 정신이 조금 드는 것 같았다.

나는 밖으로 나가 서튼에게 물었다. "언제 들었지?"

"얼마 안 됐어. 집을 구해서 이삿짐 나르느라 정신이 없었거든. 진작 듣고 왔어야 했는데, 미안해, 잭."

"새로 구한 집은 어딘데?"

"스카이 가 너머 언덕 알지?"

"알 것 같아."

"어떤 미국 놈이 거기에 창고 같은 걸 하나 지어놨어. 하지만 살다가 이곳 기후에 질려버린 모양이야. 일단 일 년 계약으로 빌렸어. 나랑 같이 지낼 마음 있어?"

"뭐? 아니…… 내 말은…… 고맙지만 사양하겠어. 난 도시가 좋거든."

신문 위에 돌로 만든 병이 하나 놓여 있었다.

"이건 뭐지?"

"아, 내가 가져온 거야. 게네베르라고, 네덜란드 진이지. 갈 때 이것도 챙길 거야. 난 그저 자네가 걱정돼서 잠깐 들른 것뿐이라고. 숀이 자네에게 어떤 의미였는지 아니까."

"의미인지!"

"그래."

우리는 한동안 숀에 대해 얘기를 나누었다.

"그 괴짜 영감을 진정으로 사랑했…… 사랑하는 모양이네." 서튼이 자리에서 일어나며 말을 이어나갔다. "이만 가봐야겠어. 뭐 필요한 거 있으면 언제든 연락하라고. 알았지? 곁에 내가 있다는 거 잊지 말고."

나는 고개를 끄덕였다.

몇 분 후 그의 차가 멀어져가는 소리가 들렸다. 나는 그렇게 앉은 채로 30분을 버텼다. 고개는 떨구어졌고, 머릿속은 백지장처럼 하얗기만 했다. 나는 천천히 몸을 틀어 돌로 만든 병을 쳐다보았다. 그것은 조금씩 움직이고 있었다. 그것도 내 앞으로.

나는 큰 소리로 말했다. "이러면 정말 곤란해."

그 향기가 어떨지 궁금했다. 나는 슬그머니 다가가 병을 집어들었다. 무거웠다. 뚜껑을 비틀어 열고 냄새를 맡아보았다. 와우, 에틸알코올 같았다.

나는 뚜껑 열린 병을 내려놓으며 중얼거렸다. "김을 다 빼놓을까? 와인이 아니라 상관없나?"

주방으로 들어가 설탕을 듬뿍 넣은 차를 한 잔 만들어 마시기로 했다.

머릿속에서 목소리가 들려왔다. '뭘 망설이지?'

나는 못 들은 척 찬장을 열고 로쉬 글라스를 꺼내며 말했다.

"제발 이러지 말자고." 나는 쥐고 있던 글라스를 싱크대에 힘껏 내던졌다. 글라스는 깨지지 않았다. "짜증나게."

나는 망치를 가져와 글라스를 산산조각 내버렸다. 유리 파편 하나가 날아와 내 왼쪽 눈썹을 베어놓았다. 나는 싱크대에 망치를 내던지고 옆방으로 들어갔다. 그리고 병째로 진을 벌컥벌컥 들이켜기 시작했다.

"세상의 꼭대기에 올라왔어요, 엄마!"

제임스 캐그니, 〈화이트 히트〉

균형 유지를 위해 내 어머니를 소개할 필요가 있었다.

앤이 말했다. "아버지 얘길 많이 하는군요. 항상 아버지 생각만 하나 봐요. 왜 어머니 얘긴 없는 거죠?"

"그냥 덮어두고 싶어요."

우리 사이로 싸늘한 바람이 일었다.

아버지는 헨리 제임스를 높이 평가했다. 뜻밖의 선택이었다. 아일랜드 서부의 철도 선로에서 일하는 인부가 미국 작가를 읽다니.

아버지가 말했다. "제임스는 한없이 세련되고, 스타일리시한 것 같지만 그 밑을 들여다보면……."

아버지는 말을 끝맺지 않았다. 어둠의 아이는 그 밑에 무엇이 깔려 있을지 무척 궁금했다.

《메이지가 알고 있었던 것》에서 아홉 살배기 아이가 말한다.

'어머니가 날 별로 좋아하지 않는 것 같아요.'

나는 어머니가 누구에게도 애정이 없었다는 걸 알고 있었다. 특히 내게는 더더욱 애정이 없었다. 리트림 출신의 어머니에게는 속물근성이 있다. 그 부분에 대해서는 그 무엇도, 그 누구도 어머니를 능가하지 못한다. 어머니조차도 자신의 그런 면을 보고 혀를 내두를 정도였다. 어머니는 지독하게도 불행했지만 나는 전혀 안쓰럽지 않았다.

말은 또 얼마나 많은지.

성가신 잔소리 수준이 아니라, 그야말로 폭파 공작대를 보는 듯했다.

조금씩

조금씩

조금씩

사람을 미쳐가게 만든다. 자신감과 자존심도 서서히 손상을 입게 된다. 어머니의 호통.

"네 아버지처럼 되면 어쩌려고 그래?"

"어쩌다 요 모양 요 꼴이 돼버린 거지?"

리트림 출신한테 이런 호통을 듣다니!

어찌 술을 가까이 하지 않을 수 있었겠는가.

"네 아버지는 그릇이 작은 사람이야. 작업복만큼이나 하는 일도 형편없고."

어릴 때는 어머니가 그렇게 무서울 수 없었다. 하지만 철이 들고 나서는 어머니를 증오하게 됐다. 이십대 때는 어머니를 멸시했고, 지금은 그냥 무시한다.

지난 5년간 어머니를 본 건 달랑 두 번뿐이었다. 물론 그 두 만남 모두 재앙이었다.

어머니는 늘 발륨(신경안정제 ─ 옮긴이)에 절어 있었다. 어떨 때는 약물의 힘을 빌리지 않은 채로 축 늘어져 있었고. 덕분에 잔소리는 많이 줄었다. 발륨이 시들해진 후에는 토닉 와인이 어머니의 벗이 돼주었다. 어머니는 머그잔에 술을 따라 들이켰다. 항상 약 아니면 술에 취해 있었던 셈이다.

어머니는 신부들을 좋아했다.

나중에 어머니의 묘석에 사람들이 알아야 할 모든 걸 새겨 넣을 참이다. 수녀들도 신부들을 좋아하지만 그건 의무나 다름없다. 계약서에 다 명시된 내용이다.

어머니는 항상 순종적인 성직자를 거느리고 다녔다. 들리는 소문에 의하면, 요즘에는 말라키 신부와 그렇고 그런 사이라고 했다. 말라키. 메이저 담배를 즐겨 피우는. 어머니는 꾸준히 성당에 다녔고, 교우회 후원자였으며, 광적으로 9일 기도에 매달렸다. 종종 블라우스 밖으로 갈색 성의를 걸치기도 했다. 어머니는 그렇게 진지한 신도였다.

이따금 어머니의 결점을 보충할 만한 장점이 있는지 찾아보기도 했다.

애석하게도 그런 건 없다.

어머니에게 필요한 건 바로 나였다. 어머니의 공개 순교를 도운 고집 센 아들. 어쩌다 나를 잃게 되셨는지. 내가 가르다에서 쫓겨난 후 어머니는 온몸으로 신앙심을 쏟아냈다. 어머니의 주제곡.

"다시는 내 집 앞에 얼쩡거리지 마."

아버지의 장례식에서 어머니는 비탄을 주체하지 못했다. 묘지에서는 실신했고, 거리로 나와서는 통곡을 했다. 현관문에는 상스러워 보이기까지 하는 화관을 걸어놓았다.

그게 바로 어머니다.

그 후로 어머니는 검은 상복만 걸치고 다녔다. 미사 참석률도 눈에 띄게 떨어졌다. 아버지가 살아 있는 동안 따뜻한 말 한마디 건넨 적 없는 어머니는 아버지가 세상을 떠난 후에야 정반대의 모습을 보여주었다.

아버지는 항상 말했다. "네 어머니 얘기는 신경 쓸 거 없다. 다 널 위해서 하시는 말씀일 거야."

그건 사실이 아니었다.

그때도, 지금도.

어머니는 사람들의 선량함을 즐기는 타입이다. 날 위한다는 말씀은 그들의 계산적인 삶의 모든 비열한 행위들을 너그러이 용서해준다. 나는 독재자와 폭군과 반군 지도자들의 사진을 들여다보기를 좋아한다. 배경을 잘 살피면 돌처럼 굳은 어머니의 얼굴과 화강암 같은 어머니의 눈을 찾을 수 있다. 우리가 늘 토론하지만 좀처럼 인지하지 못하는 악의 따분함.

손은 내 태도를 바꿔보려 항상 어머니에 대해 좋은 말만 했었다. 언젠가는 이렇게 말했다. "네 어머닌 널 사랑하셔, 잭. 어머니만의 방식으로 말이야."

어머니는 나와의 끈을 놓지 않으려고 그와 연락을 해왔다.

나는 그에게 말했다. "어머니에게 절대 내 얘길 해선 안 돼요. 영원히."

"잭, 그래도 어머니잖아."

"농담하는 거 아니에요, 손."

"아, 그냥 하는 얘기겠지."

남은 진을 마저 비우니 자유낙하가 시작됐다. 어떻게 어머니의 집에 다다르게 됐는지조차 기억이 나지 않았다. 사람들이 진을 두고 어머니의 타락이라 부르는 이유를 알 것 같다.

축도는…… 사양한다

눈을 떠보았다. 구속복이나 감옥이나 그 둘 모두를 예상하면 서. 고통스러웠다. 나는 깨끗한 침대에 누워 있었다. 두려움을 애써 무시하며 몸을 일으켜보았다. 검은 형체가 침대 끝에 앉아 있었다. 내가 새된 소리를 지르며 발작했던 모양이다.

형체가 말했다. "안심해요, 잭, 당신은 무사해요."

나는 형체를 쳐다보며 물었다. "말라키 신부님?"

"그래요."

"네? 어떻게?"

"어머님 댁입니다."

"오, 하느님."

"주님의 이름을 함부로 부르지 말아요."

상황이 파악됐지만 그래도 확인해보고 싶었다.

"여기서 사는 겁니까?"

"바보 같은 소리, 당신 어머니 호출을 받고 온 겁니다."

"빌어먹을!"

"입 조심해요. 더는 들어줄 수가 없군요."

"그럼 가서 고소하든가."

나는 낡았지만 편한 잠옷 차림이었다. 수백 번은 세탁한 듯한 옷이었다.

"젠장, 아버지 잠옷이잖아."

"고이 잠드소서! 당신의 이런 모습을 보셨다면 땅속에서도 편히 계시진 못하겠지만."

나는 침대 옆으로 두 발을 떨어뜨리며 물었다. "차 한 잔 줘요."

그가 유감의 표정으로 고개를 저었다.

"그게 무리한 부탁입니까?"

"여기 와서 난동을 부렸더군요. 어머니께 욕설을 퍼붓기까지 하고. 내가 도착했을 땐 당신은 이미 바닥에 뻗어버린 후였습니다."

나는 산산이 부서진 기억들을 한데 모아 끼워 맞춰나갔다. 내가 금요일 밤에 술에 녹아웃됐다는 것까지는 기억할 수 있었다.

나는 깊은 숨을 한 번 들이쉰 후 물었다. "오늘이 무슨 요일이죠?"

그가 안쓰럽다는 듯 물었다. "정말 몰라서 묻는 겁니까?"

"그냥 장난삼아 묻는 겁니다."

"수요일입니다."

나는 두 손으로 머리를 감싸 쥐었다. 도움이 절실했다.

말라키가 말했다. "손은 어제 묻혔습니다."

"나도 거기 참석했나요?"

"아뇨."

속을 비워내고 싶었다. 어떻게 일주일을 참고 버텼는지 신기할 따름이었다.

"윌리엄이라던가, 아무튼 숀의 아들이 영국에서 돌아왔습니다. 술집 운영을 맡을 거랍니다. 꽤 똑똑한 친구 같더군요." 말라키가 일어나 손목시계를 들여다보며 말했다. "미사가 있어서 이만 가봐야겠습니다. 어머니와 불필요한 마찰은 없겠죠?"

"아직도 담배를 피우나요? 이젠 끊었습니까?"

"주님께서 아직까진 괜찮다고 하시네요. 하지만 당신 어머니 집에선 꿈도 못 꿀 일이죠."

"신을 탓하는 겁니까?"

"내가 그렇게 얘기했습니까?"

"못 할 거 뭐 있습니까? 난 항상 그러면서 사는데."

"그래서 온몸이 상처투성이가 아닙니까. 전혀 권할 일은 아닌 것 같은데요."

그는 밖으로 나가버렸다. 내 옷은,

세탁되고

다림질되고

　　반듯하게 개어진 채

침대 끝에 놓여 있었다.

　나는 몸부림치며 옷을 걸쳤다. 다시 메스꺼움과의 전쟁이 시작됐다. 깊은 숨을 들이쉰 후 아래층으로 내려갔다. 어머니는 주방에 있었다.

　"어머니."

　어머니가 나를 돌아보았다. 어머니의 이목구비는 강렬한 인상을 풍겼지만 어딘지 모르게 부자연스러웠다. 지나치게 억세 보이는 인상이었다. 마흔이 되면 비로소 각자에게 딱 맞아떨어지는 얼굴을 갖게 된다고 한다. 그렇다면 어머니는 땡 잡은 셈이다. 이마와 코 양옆으로 깊이 팬 주름들. 단정하게 올린 회색 머리는 불가능해 보이는 매듭을 이루고 있었다. 하지만 모든 건 눈이 말해주었다. 매섭고 완고해 보이는 짙은 갈색 눈. 많은 걸 얘기하고 있었지만 '단호하다'는 게 결정적인 메시지였다.

　어머니가 말했다. "일어났구나."

　"네, 소란 피워서…… 죄송합니다."

　어머니가 한숨을 내쉬었다. 그건 어머니의 특기였다. 어머니는 아일랜드를 대표해 한숨을 쉴 수 있는 유일한 사람이었다.

　"어제오늘 일도 아닌데 뭘 그러니."

　내가 의자에 앉자 어머니가 물었다.

　"기대하고 내려온 거지?"

"네?"

"아침식사 말이야."

"그냥 차 한 잔 하고 싶을 뿐이에요."

어머니가 주전자에 물을 채우는 동안 나는 주위를 돌아보았다. 어머니의 왼쪽으로 벅퍼스트 토닉 와인 한 병이 보였다. 그거면 될 것 같았다.

나는 말했다. "초인종이 울렸는데요."

"응?"

"두 번 울렸어요."

"못 들었는데."

"물소리 때문에 못 들으셨나 봐요."

어머니는 주방을 나갔다. 나는 잽싸게 일어나 술병을 집어 들고 게걸스럽게 들이켰다. 빌어먹을, 이건 너무 깔깔하잖아.

'정말 이걸 돈 주고 사서 마신다고?' 나는 생각했다.

들어간 술이 배 속에 얌전히 남아 있어줄 것인지, 아니면 다시 식도를 타고 기어 올라올 것인지. 술은 배터리 액처럼 위벽을 때려댔다. 나는 다시 자리로 돌아가 앉았다. 배 속에서 열기가 느껴지기 시작했다. 주방으로 돌아온 어머니가 수상쩍다는 듯 나를 쳐다보며 말했다.

"아무도 없던데."

"아."

어머니는 마치 탈옥은 확신하지만 누가 사라졌는지 몰라 하는 교도소장 같았다.

　나는 일어서며 말했다. "차는 됐어요."

　"물이 끓고 있는데."

　"가봐야 해요."

　"너 아직도 그 일을……." 어머니는 질문을 끝맺지 못했다.

　나는 말했다. "네."

　"어떤 아이의 자살 사건을 조사하고 있다며?"

　"어떻게 아셨죠? 아, 말라키 신부가……."

　"마을 전체가 알고 있는 사실이야. 술에 절어 살면서 일은 언제 하니?"

　나는 현관문으로 향하며 말했다. "고마워요."

　어머니가 허리에 손을 얹으며 말했다. "네 집도 편히 들락거리지 못하다니 안타깝구나."

　"여긴 제 집이었던 적이 한 번도 없었어요."

카르마

컬리지 가를 걸어 나가며, 어머니에게 조금 더 다정다감하지 못했던 점을 후회했다. 몇 년 전에 이런 글 읽은 적이 있다. 남자가 묻는다.

가족을 못 본 지 얼마나 됐든, 그들과 얼마나 멀리 떨어져 있든, 그들은 항상 나를 자극할 수 있다. 어째서일까?

답은 다음과 같았다.

왜냐하면 그들이 자극 버튼을 설치한 장본인들이니까.

페어 그린에 다다랐을 때 현기증과 경련이 찾아들었다. 나는 멈춰 서서 벽에 몸을 기댔다. 지나가던 여자 두 명이 흠칫 놀라며 물러섰다.

그들 중 하나가 말했다. "아직 11시도 안 됐는데 저 모양이네."

내 얼굴에서는 땀이 비 오듯 흘러내렸다. 누군가가 내 어깨에 손을 얹었다. 차라리 강도라도 만나는 게 좋을 것 같았다.

목소리가 말했다. "상태가 많이 안 좋아 보이는군, 친구."

대번에 알 수 있었다. 패드릭. 두목 주정꾼.

그가 내 팔뚝을 붙잡고 말했다. "저쪽 벤치로 가세나. 여긴 사람이 너무 많네."

그는 나를 이끌고 걸어 나갔다. 만약 어머니가 이 꼴을 보았다면 전혀 놀라지 않았을 것이다. 나를 벤치에 앉히고 나서 패드릭이 말했다.

"이 음료 한번 마셔보겠나?"

나는 갈색 병을 쳐다보았다.

"지금 자네 상태를 보면 마다할 수 없을 것 같은데."

"하긴."

나는 병을 건네받아 한 모금 마셨다. 맛은 별로였다. 변성 알코올을 예상했는데.

"변성 알코올을 기대했나?"

나는 고개를 끄덕였다.

"이건 영국 군대에서 배운 비상 혼합 음료네."

"군대에도 있었어?"

"글쎄, 이따금 내가 여전히 군대에 있는 것 같은 기분이 들곤 한다네."

내 상태는 빠르게 나아지고 있었다.

"뭐 나쁘지 않은데."

"쎄흐뗀느멍. 영국인들은 구제의 개념을 이해하고 있다네. 그게 어디 적용되는지를 모를 뿐."

딱히 대꾸할 말이 없었다.

"그건 그렇고 지금 얼큰하게 취해 있는 거 맞나?"

"음…… 딱 보면 몰라?"

"무슨 일인가?"

"친구가 죽었어."

"아, 애도의 뜻을 표하네."

"그의 장례식에 못 갔어. 남아 있는 몇 안 되는 친구들이 이를 갈고 있을 거야."

그때 가르다가 다가와 큰 소리로 말했다. "여긴 공공장소입니다. 빨리 나가주시죠."

내가 대꾸하기도 전에 패드릭이 벌떡 일어나 말했다. "알겠습니다. 경관님. 지금 가겠습니다."

나는 벤치에서 일어나 걸음을 옮기며 말했다. "자기가 뭐라도 되는 줄 아나 보지?"

패드릭이 미소를 지으며 말했다. "자넨 호전적인 게 탈이야."

"난 저 친구들을 알고 있어. 나도 한때 저랬다고."

"한때 저런 얼간이였다고?"

나는 피식 웃었다. "그것도 사실일지 모르지. 내 말은 나도 한때 가르다였다는 거야."

그가 흠칫 놀랐다. 나를 보는 그의 눈빛이 확 달라졌다.

"전혀 예상하지 못했어."

"오래전 일이야."

"아직 녹슬지 않은 것 같은데 다시 들어가 보는 건 어떤가?"

"별로. 요즘은 대학 나온 사람들만 뽑는다더군."

"가르다가 되는 데 무슨 학위가 필요한가?"

우리는 광장 끝에 다다라 있었다. 공중화장실 주변을 서성이는 주정꾼들이 패드릭을 부르고 있었다.

나는 물었다. "한 가지 물어봐도 돼?"

"물론. 진실을 담은 답변을 약속할 수 있을지는 모르겠지만 한번 노력해보겠네."

"카르마를 믿어?"

그가 손가락 하나를 펴 입술에 가져가 댔다. 그리고 한참 뜸을 들였다.

"모든 작용은 동등하고, 상반하는 반작용을 발생시키지. 그래, 난 믿네."

"그럼 난 끝장이군."

"창조는 모든 인간에게 도전이다.
경외하는 마음으로 창조하겠는가,
아니면 경시하는 마음으로 하겠는가?"

게리 주커브, 《영혼의 의자》

나는 맥주 여섯 병을 사 들고 집에 도착했다. 주류 판매점에서 스카치위스키 생각이 간절했지만 패드릭의 혼합 음료 덕분에 충동을 잠재울 수 있었다. 더 이상의 피해 없이 침대에 눕게 됐다는 사실이 기뻤다.

그렇게 새벽까지 곤히 잤다. 잠에서 깬 후에도 우려했던 숙취에 시달리지 않았다. 나는 먼저 커피부터 내렸다. 온몸이 사시나무처럼 떨렸지만 새삼스러운 반응은 아니었다. 냉장고에 맥주를 채워 넣으며 적절히 나눠 마시겠노라 다짐했다. 그런 다음에는 피부가 따끔거릴 때까지 샤워를 했고, 지저분한 턱수염을 다듬기까지 했다. 거울을 들여다보니 나도 모르게 한숨이 터져 나왔다.

"휴."

거울은 누더기가 된 얼굴을 비추고 있었다.

앤에게 전화를 걸었다. 그녀는 첫 번째 발신음이 그치기가 무섭게 응답했다.

"네."

"앤, 잭이에요."

"그런데요?"

냉담.

"앤, 어디서부터 설명해야 할지 모르겠네요."

"설명은 필요 없어요."

"뭐라고요?"

"더 이상은 못 할 것 같아요. 지금까지 한 작업에 대한 보수는 계산해서 수표로 보낼게요. 이 사건에서 손을 떼줘요."

"앤…… 제발."

"당신 친구는 라훈 공동묘지에 묻혔어요. 새라의 무덤에서 얼마 떨어지지 않은 곳에요. 당신은 맨 정신에 찾아갈 수도 없겠지만."

"잠깐만요……."

"듣고 싶지 않아요. 앞으론 내게 전화하지 말아요."

전화는 끊어졌다. 나는 대충 옷을 챙겨 입고 집을 나섰다. 대성당 앞에서 내 이름이 불렸다.

남자가 다가오며 말했다. "됐습니다."

"네?"

"우체국 말입니다. 당신이 써준 추천서를 같이 넣었어요."

"일자리를 원치 않는다고 했잖아요."

"맞아요. 하지만 누군가에게 필요한 존재가 돼보니 좋더군요."

"기쁜 소식이군요. 언제 시작합니까?"

"뭘요?"

"일 말입니다."

그가 이해할 수 없다는 표정으로 나를 쳐다보았다. "난 그 일을 할 생각이 없습니다."

"아!"

"아무튼 말을 준비해뒀습니다."

나는 그가 성당에서 종마를 끌고 나올 거라 기대했다.

그가 말했다. "3시 30분, 에어셔. 로켓맨. 마음 놓고 걸어요."

"얼마나 걸면 될까요?"

"마음껏."

"알겠어요. 고마워요."

"아뇨, 오히려 내가 고맙죠. 난 오래전부터 우체부가 되고 싶었거든요."

커피 생각이 나서 자바스로 들어갔다. 웨이트리스는 영어는 서툴렀지만 매혹적인 미소를 가지고 있었다. 그 정도면 공정한 거래라 할 수 있었다.

"더블 에스프레소." 나는 메뉴를 손으로 가리켰다.

재정적 진실을 확인할 차례였다. 나는 한숨을 내쉬며 지갑을 꺼냈다. 아주 가볍지는 않았다. 조심스레 안을 살펴보았다. 지폐…… 지폐 몇 장이 눈에 들어왔다. 나는 천천히, 하지만 리드미컬한 속도로 돈을 세어보았다. 200파운드. 기쁨보다도 음울한 그림자가 먼저 찾아들었다.

육중한 남자 하나가 성큼 다가와 있었다. 눈에 익은 얼굴이지만 정확히 누구인지는 알 수 없었다.

"잠깐 얘기 좀 할까?"

나는 왼손을 테이블에 내려놓으며 말했다. "또 날 부숴버리려고 온 거야?"

보안회사에서 나온 친구였다. 저번에 나를 흠씬 두들겨 팼던 가르다.

그가 의자를 끌어가며 말했다. "해명을 좀 하려고."

커피를 가져온 웨이트리스가 그를 쳐다보았다. 가르다는 손짓으로 그녀를 물리쳤다.

나는 말했다. "내용이 궁금한데."

"내가 가르다라는 건 알고 있지? 보안회사 일은 최고의 부업이야. 나 같은 가르다가 한둘이 아니라고. 포드 씨가 자네가 짜증나게 군다기에 내가 나섰던 거야. 난 그가 어떤 사람인지 몰랐어. 그가 죽은 건 알고 있지?"

"들었어."

"그래. 알고 보니 그 친구, 변태더군. 가슴에 손을 얹고 얘기하지만, 난 정말 몰랐어. 우리가 자넬…… 손봐주고 난 후…… 자네도 가르다 출신이라는 걸 알게 됐지. 진작 알았더라면…… 정말이야. 자넬 이렇게 만들어놓지 않았을 거야."

"그래서 원하는 게 뭐지? 용서?"

그가 고개를 떨어뜨렸다. "난 성령을 통해 다시 태어났어."

"멋진데."

"농담하는 거 아니야. 가르다와 보안회사에 사표를 내고 나왔다고. 이젠 주님의 길을 따를 거야."

나는 에스프레소를 홀짝였다. 처음 듣는 기도문만큼이나 썼다.

그가 말했다. "자네 아직도 그 사건을 맡고 있다지? 그 아이 자살 사건 말이야."

"그래."

"내가 돕고 싶어. 이렇게라도 보상을 하고 싶다고." 그가 주머니에서 종이쪽지를 꺼내며 말했다. "내 전화번호야. 도움 될 만한 사람들을 아직 많이 알고 있어. 조사하다가 필요한 게 있으면……."

"내 일에 주님이 함께하실 거라 이거지?"

그가 일어나며 말했다. "자네가 이해해줄 거라 생각하진 않았어. 하지만 그가 우릴 사랑한다는 건 사실이야."

"마음이 든든하군."

그가 손을 내밀며 말했다. "그때 일은 언짢게 생각하지 마."

나는 그의 손을 잡지 않았다. "꺼져."

그가 떠난 후 그가 건넨 종이를 펼쳐보았다. 종이에는 그의 이름이 적혀 있었다.

브렌단 플러드

그리고 전화번호.

그냥 작게 구겨 던져버릴까 하다가 생각을 바꾸었다.

꽃집으로 갔다. 내게 장미를 팔았던 점원이 나를 맞아주었다.

그녀가 말했다. "당신을 기억해요."

"그래요?"

"꽃으로 효과를 보았나요?"

"네?"

"장미 말이에요. 여자분께 선물한다고 했던."

"좋은 질문이네요."

"아, 잘 안 됐나 보군요. 다시 한 번 시도해보시게요?"

"아뇨."

"네?"

"화관이 필요해요."

그녀가 겁에 질린 표정을 지었다. "혹시 돌아가셨나요?"

"아뇨…… 아닙니다. 다른 사람이 죽었어요. 친구가."

"안타깝게 됐네요."

키 작은 사제가 우리를 스쳐 지나가며 인사를 건넸다. "안녕하세요."

그런 유쾌한 표정은 정말 오랜만에 보는 것이었다.

점원이 물었다. "저분이 누군지 알아요?"

"땅딸보 신부."

"주교님이세요."

"설마요!"

"세상에 저렇게 좋은 분은 또 없을 거예요."

놀라운 일이었다. 어릴 적 나는 주교를 영주와 같은 존재로 생각했다. 거리를 걷다가 지위 높은 성직자와 우연히 마주치는 건 꿈도 꿀 수 없는 일이었다.

여자는 이름과 주소를 적어주면 배달해주겠다고 했다.

"들고 다니기엔 좀 부담스러울 거예요."

화관을 들고 마권업자 사무실로 들어서는 내 모습을 떠올려보았다.

여자가 내 얼굴을 유심히 살피며 말했다. "젊었을 땐 꽤 봐줄 만했을 것 같은데요."

"올해는 장미가 좋아요."
엘비스 코스텔로

하츠는 키 가에 자리하고 있었다. 한때 마권업자가 그곳에서 3
대에 걸쳐 재미를 보았었다. 하지만 영국 대기업들이 들어와 지
역 상권을 싹쓸이하면서 그곳도 문을 닫게 됐다. 그곳 주인인 하
트는 가게를 팔아 챙긴 돈으로 바로 옆에 술집을 열었고, 마을은
안도했다. 아일랜드에서 영국인들과 재정적으로 맞설 수 있는 기
회는 흔치 않았다.

나는 오래전부터 톰 하트를 알고 지내왔다. 담배 연기가 자욱
한 안으로 들어서자 그가 경마신문 너머로 몸을 기울였다.

"잭 테일러, 불시 단속을 나오셨나?"

"난 더 이상 가르다가 아니야."

"다들 그렇다고 하더군."

"돈을 걸러 온 거야."

그가 두 팔을 활짝 펼쳐 보이며 말했다. "제대로 찾아왔군."

나는 그에게 이름을 얘기하고 딸 확률을 물었다.

그가 텔레텍스트를 확인한 후 말했다. "35 대 1."

나는 용지를 작성한 후 가진 현금 전부를 내놓았다.

그가 용지를 훑고 나서 나지막이 말했다. "장난치는 건 아니겠지?"

"당연하지."

도박꾼 두 명이 갑자기 바뀐 분위기를 감지하고 귀를 쫑긋 세웠다.

톰이 말했다. "잭, 난 경마업자지만 자넨 우리 편이나 다름없어. 이번 레이스에서 눈여겨볼 말이 있어. 그 녀석이 쉽게 이길 거야."

"상관없어."

"다 자넬 위해 하는 말이야."

"받아줄 거야, 말 거야?"

그가 어깨를 으쓱했다. 마권업자 양성소에서 배워온 제스처인 듯했다.

"좋아. 나중에 날 원망하지 마."

"그럴 일 없을 거야. 또 보자고."

나는 마지막으로 용지를 확인한 후 정문으로 향했다. 도박꾼 하나가 나를 따라왔다.

"잭!"

나는 케니스 앞에서 멈춰 섰다. 따라 나온 남자의 얼굴은 사설 마권 영업자만큼이나 창백했다. 그에게서는 역겨운 니코틴 냄새가 풍겼다. 그의 눈은 아첨과 교활함으로 가득 차 있었다.

그가 살짝 미소를 지으며 물었다. "좋은 정보라도 있어?"

"이게 좋은 정보인진 모르겠어."

"잭, 그러지 말고 좀 알려줘. 지금 내 사정이 말이 아니라고."

"로켓맨."

그는 충격 받은 표정이었다. 마치 지니고 있던 당첨 티켓이 실격 판정을 받기라도 한 듯.

"장난하지 말고."

"장난 아니야."

"아, 엿이나 먹어. 가르다에게 뭘 기대한 내가 잘못이지."

개신교 학교에서 얼마 떨어지지 않은 빅토리아 스퀘어에는 베일리스 호텔이 자리하고 있다. 이건 오래된 골웨이다. 이용 가능한 모든 공간은 새로 지은 호텔들로 빽빽이 채워졌지만 베일리스만큼은 옛 모습을 그대로 유지하고 있었다. 그곳은,

팔리고

개조되고

재구분됐다.

그럼에도 티는 잘 나지 않는다.

요즘에는 '외판원'을 보기가 힘들어졌다. 하지만 정 보고 싶다면 베일리스에 가면 된다. 그곳은 시골 사람들의 단골 외식 코스

이기도 하다. 풍화된 화강암 외벽에는 작은 간판이 붙어 있었다. 'OTEL'. 간판의 'H'는 1950년대에 떨어져나갔다. 모리스 마이너가 한창 인기를 끌었을 때.

나는 충동적으로 들어갔다. 프런트 데스크는 한쪽 구석에 마련되어 있었다. 나이 든 여자가《아일랜즈 오운》을 훑고 있었다.

"베일리 부인?"

그녀가 고개를 들었다. 여든 살은 족히 되어 보였지만 눈은 또렷했다.

"맞습니다만."

"전 잭 테일러라고 합니다. 부인께서는 제 아버지와 알고 지내셨죠?"

그녀는 잠시 뜸을 들였다. "그 사람은 선로 놓는 일을 했었어요."

"맞습니다."

"그 사람을 좋아했어요."

"저도요."

"그런데 턱수염은 왜 기른 거죠?"

"의지의 표현이랄까요?"

"엉뚱하군요. 어린 테일러, 여긴 어떻게 왔죠?"

"오랫동안 머물 방이 필요해서요."

그녀가 손으로 실내 장식을 가리키며 말했다. "보다시피 최고급 호텔은 아니에요."

"저부터가 최고급이 아닌걸요, 뭐."

"음…… 음, 3층에 빛이 잘 들어오는 빈방이 하나 있어요."

"그걸로 할게요."

"재닛이 이틀에 한 번꼴로 청소를 하는데 가끔 잊어버릴 때가 있어요."

"괜찮습니다. 방값 계산부터 할게요."

물론 마음에도 없는 말이었다. 지니고 있던 돈은 전부 마권업자에게 넘긴 상태였다.

그녀가 물었다. "신용카드 있어요?"

"없습니다."

"잘됐군요. 우린 신용카드를 받지 않습니다. 그냥 매달 마지막 금요일에만 알아서 내주면 돼요."

"감사합니다. 짐은 언제 들여오면 되나요?"

"재닛에게 방에 환기 좀 시켜놓으라고 할게요. 주전자도 준비해놓으라고 하고. 그것만 처리되면 아무 때나 들어와도 상관없습니다."

"감사합니다, 베일리 부인."

"그냥 노라라고 불러요. 부디 자기 집에 온 것처럼 편안히 지내다 가길 바랄게요."

나는 이미 충분히 편한 상태였다.

네 가지 약속

돈 미겔 루이즈

두 번째: "모든 걸 기분 나쁘게 받아들이지 마라.
남들이 하는 그 어떤 것도 당신 때문이 아니다.
그것은 그들의 삶의 표현과 그들이 어릴 적부터
받아온 교육이 반영되는 것일 뿐이다."

"······웃기고 있네."

잭 테일러

그날 밤 나는 짐을 쌌다. 오래 걸리지는 않았다. 틈틈이 손을
멈추고 맥주를 홀짝였다. 혼잣말을 해대면서.

"여길 떠나야 편해질 것 같아."

세상의 모든 거짓말과 착각처럼 그런 주문도 짧게나마 위로가
돼주었다. 검은색 쓰레기봉지 네 개를 벽에 나란히 세워놓았다.

"너희 다 기증될 거야."

그것들과 함께 털어버리고 싶은 것

부러진 손가락

부러진 코

턱수염

켈틱 타이거 광고를 찍는 건 아니지만.

전화벨이 울렸다. 나는 앤이기를 바라며 수화기를 집어 들었다.

"여보세요."

"잭, 캐시 B예요."

"아."

"좀 반가워해주면 안 돼요?"

"미안, 짐을 좀 싸고 있었거든."

"술도 빠뜨리진 않았겠죠?"

"설마, 아무튼 난 내일 여길 나갈 거야."

"그녀 집으로 들어갈 거예요?"

내가 늙긴 한 모양이었다. 우리 어머니 얘기인 줄 알았으니.

"뭐?"

"그 여자가 당신을 좋아하잖아요. 공연 때 보니까 당신에게서 눈을 떼지 못하던데요."

"앤! 말도 안 돼…… 난 호텔로 들어갈 거야."

"역시 당신은 괴짜예요. 어느 호텔인데요?"

"베일리스."

"처음 들어보는데요."

기분이 좋았다. 골웨이 토박이가 아니면 알 수 없는 곳이 아직 남아 있었다니.

"내 친구 숀이 죽었어."

"그 괴상한 노인네 말이죠? 술집 주인?"

"그래."

"안됐네요. 그 아저씬 마음에 들었었는데. 참, 필요하다면 밴을 빌려줄게요. 짐 옮길 때 쓰면 좋죠."

"아니야. 택시로 가면 돼."

"알았어요. 다음 주 금요일에 시간 어때요?"

"덜미를 잡히지만 않는다면 괜찮아."

"나 결혼해요."

"농담이겠지…… 누구랑?"

"에버릿. 퍼포먼스 아티스트예요."

"그게 이치에 닿는다는 것처럼 연기해볼게. 우아, 축하해…… 대체 만난 지 얼마나 된 거야?"

"얼마나 됐느냐고요? 밀레니엄이 지났다는 건 알고 있어요, 잭? 우린, 음…… 사귈 만큼 사귀었다고 생각하면 돼요."

그녀가 영국 출신이라는 사실을 감안하면 그리 놀랄 일도 아니었다.

"그래서 얼마나 오래됐느냐고."

"거의 3주 됐어요."

"휴, 엄청난 속도군."

"결혼식 때 날 신랑에게 넘겨줄 수 있어요? 내가 아는 나이 든 남자는 당신뿐이라서요."

"영광이군. 그래, 기꺼이 해주지."

경마가 시작할 시간이었다.

TV를 켜고 텔레텍스트를 확인했다. 긴장되는 순간이었다. 눈썹에는 땀방울이 맺혀 있었다.

괜찮아…… 맥주 때문이야. 자…… 결과를 찾아서…… 보이지 않는군. 젠장, 오늘 안 뛰었나? 제발…… 제발…….

로켓맨…… 12/1

세상에, 땄어!

공식 배당률은 12 대 1이었지만 뒤로 건 돈의 35배를 챙기게 되었다. 나는 지그 춤을 추며 허공에 주먹을 날렸다.

"예스!"

나는 화면에 입을 맞추며 말했다. "잘했어, 예쁜이."

잽싸게 계산에 들어갔다. 큰 거 일곱 장. 그리고 용지를 꺼내 실수는 없었는지 확인했다. 아무 문제 없었다. 그때 현관문에서 노크 소리가 들렸다.

문을 열었다. 린다였다.

"무슨 일이죠?"

"잭, 짜증나게 할 마음은 없지만 이사 준비는 다 됐는지 궁금해서 왔어요."

"다 됐어요."

"잘됐네요. 좋은 데로 가나요?"

"내가 어디로 가든 당신이 무슨 상관입니까?"

"나쁜 감정으로 헤어지고 싶지 않아요."

"내가 쫓겨난다고 설마 우리 우정에 금이 가겠습니까?"

"내 마음이 편치 않아요."

나는 큰 소리로 웃음을 터뜨렸다. "비극이네요. 불편해하지 않아도 되는데."

나는 거칠게 문을 닫아버렸다.

이 집에서의 마지막 밤도 결국 순탄하게 지나가지는 않았다.

"중대한 가치를 논할 때는 성실함보다 스타일이 훨씬 중요하다.
폭력은 무정하고 치명적인 스타일을 필요로 한다."

오스카 와일드

다음 날 아침 나는 커피를 홀짝이며 하루를 시작할 준비에 들어갔다. 뉴스가 흘러나오고 있었다. 건성으로 듣던 나는 지역 뉴스가 시작되자 귀를 쫑긋 세웠다.

오늘 오전, 니모 부두 앞바다에서 소녀의 시신이 발견됐습니다. 현장에 있던 가르다가 심폐소생술을 시행했지만 소녀를 살려내지는 못했습니다. 이로써 올해 들어서만 같은 장소에서 십대 소녀가 자살한 사건이 열 건으로 늘어났습니다.

"또 그 자식 짓이야!"

전화벨이 울렸다. 앤이었다.

그녀는 서론을 생략한 채 말했다. "뉴스 봤죠?"

"네."

"당신이 막을 수도 있었던 사건이에요."

그녀는 매몰차게 전화를 끊었다.

내게 술이 있었으면 단숨에 비워버렸을 것이다. 택시를 부르고 짐을 챙겨 운하로 나갔다. 집의 문을 닫고 나오면서도 나는 돌아보지 않았다.

택시 운전사는 경력이 많지 않은 친구였다.

"베일리스 호텔로 가주세요."

"그게 어디죠?"

나는 운전사에게 가는 길을 설명했다.

"거길 지금까지 왜 몰랐을까요?"

나는 대답하지 않았다. 그는 차를 모는 내내 GAA(게일릭 스포츠 협회―옮긴이)의 문제점들을 토로했다. 나는 적절한 타이밍에 툴 툴거렸다.

호텔에 도착하자 그가 건물을 흘끔 훑으며 말했다. "이러니 내가 몰랐지."

"GAA와 다르지 않아요. 안에 들어가면 새로운 세상이 펼쳐지죠."

베일리 부인이 프런트 데스크를 지키고 있었다.

"포터를 불러드릴까요?"

술기운 때문인지는 몰라도 나는 고개를 저었다.

"재닛이 방을 잘 정리해뒀어요." 그녀가 열쇠 꾸러미를 건네며
말했다. "이제부턴 마음껏 들락거리도록 해요."

세상에 이런 곳이 또 있을까?

재닛이 여자일 거라는 건 예상이 가능했다. 하지만 그녀가 베
일리 부인보다 나이가 많을 줄은 몰랐다. 내 방 밖에서 기다리고
있던 그녀가 내 손을 잡고 말했다.

"골웨이에서 왔다니 반갑네요."

방은 밝고 넓었다. 큼직한 창문도 나 있었고, 테이블에는 꽃병이 놓여 있었다.

재닛이 나를 따라 들어오며 말했다. "환영의 의미로 준비한 거예요."

욕실에는 커다란 욕조와 깨끗한 타월이 갖춰져 있었다. 더블베드 옆에는 커피포트와 뷸리스 커피 한 팩이 놓여 있었다.

"이걸 다 준비하느라 고생하셨겠어요."

"아, 전혀요. 웨이트 씨가 세상을 떠난 후로 장기 투숙객이 없었어요."

"그분은 여기서 얼마나 지내셨죠?"

"20년 있었어요."

"저도 20년 생각하고 왔습니다."

그녀가 환히 미소를 지었다. 진심이 담긴 미소였다. 음흉함이나 악의가 전혀 묻어나지 않는 미소. 엿듣는 사람이 없는지 확인하려는 듯 복도를 내다보며 그녀가 말했다.

"토요일 밤에 댄스파티가 열려요."

"정말요?"

그녀의 얼굴이 환해졌다. 초콜릿을 먹는 수녀처럼.

그녀가 말했다. "한 번도 광고를 내본 적이 없어요. 스윙타임 에이스, 들어봤어요?"

처음 듣는 이름이었다.

"네, 들어봤습니다. 대단한 밴드죠."

"실력이 아주 기가 막혀요. 폭스트롯과 탱고, 경쾌하고 좋죠. 춤 좀 추나요?"

"제가 룸바 추는 걸 보면 깜짝 놀라실걸요."

그녀가 기쁨에 차올라 새된 소리를 냈다.

"마지막 춤은 저랑 같이 추시죠."

내 말에 그녀가 뛸 듯이 기뻐했다. 방에는 전화기, TV, 비디오가 갖춰져 있었다. 모두 필수적인 것들이었다. 나는 짐도 풀어놓지 않은 채 계단을 타고 내려와 밖으로 나왔다. 술이 절실했다. 벌써부터 혀끝에서 술맛이 느껴지는 것 같았다.

／

마권업자 사무실은 텅 비어 있었다. 하트만이 카운터를 지키고 있었다.

그가 고개를 들지도 않고 말했다. "자네 때문에 망했어."

"같은 거 찍지 않았어?"

"당연히 찍었지."

"직접?"

"물론."

"그런데 왜 망했다는 거지?"

"허를 찔렸어."

"뭐, 다들 그렇잖아."

"수표로 받을 거야?"

"당연히 아니지."

"그럴 줄 알았어. 자, 받아." 그가 두툼한 봉투를 카운터에 툭 던지며 말했다. "세어보든지."

나는 돈을 세어보았다.

돌아서서 나오려는데 그가 나를 불러 세웠다. "잭!"

"왜?"

"다신 돌아오지 마."

"와우." 카렐라가 말했다. "정말 굉장한 하루였지?"

에드 맥베인, 《살의의 쐐기》

그로건스로 향하는 동안 숀을 떠올렸다. 술집은 여느 때와 다르지 않았지만 뭔가 다른 느낌이었다. 늘 봐왔던 카운터의 두 단골손님도 오늘은 보이지 않았다. 육중한 체구의 한 남자가 창고에서 나왔다.

나는 물었다. "보초들은 어떻게 됐습니까?"

"뭐라고요?"

영국 악센트.

"두 노인네 말이에요. 매일 나타나 카운터를 지키던 사람들."

"쫓아냈습니다. 영업에 방해만 돼서요."

"숀의 아들, 맞죠?"

그가 적의가 담긴 눈빛으로 나를 쳐다보며 물었다. "누구시죠?"

"숀의 친구였습니다. 잭 테일러."

나는 손을 내밀어 악수를 청했지만 그가 못 본 척 물었다.

"장례식장에서 봤던가요?"

"난, 음…… 그날 참석을 못 했습니다."

"그럼 친구라고 할 수도 없겠군요."

할 말이 없었다. 그가 카운터 뒤로 돌아가 정리를 시작했다.

"술 한잔하고 가도 되겠습니까?"

"아뇨, 여긴 당신과 어울리지 않는 곳입니다."

나는 잠시 말없이 서 있었다.

"다른 이유가 또 있나요?" 그가 히죽거렸다.

"아버지가 왜 당신을 언급한 적이 없었는지 알 것 같네요. 아마 당신이 부끄러워서 그랬을 겁니다."

밖으로 나오니 분노와 슬픔이 한꺼번에 밀려들었다. 그 둘이 섞이면 위험하다. 다시 들어가 그 자식을 흠씬 두들겨주고 싶었다.

미국인 두 명이 멈춰 서서 술집을 쳐다보며 물었다. "여기가 아일랜드 전통 술집 맞습니까?"

"아뇨, 여긴 흉내만 낸 곳입니다. 제대로 된 곳을 원하면 가라반스로 가봐요."

주류 판매점에 들어가 카트를 술로 가득 채웠다.

점원이 말했다. "엄청난 파티인 모양이군요."

"대혼란을 상상하면 됩니다."

호텔로 돌아오니 몸이 천근만근 무거웠다. 나는 일부러 계단을 타고 올라갔다. 방문을 열며 생각했다.

"정확히 2초 후에 딸 거야."

TV가 켜져 있었다. 안으로 들어가니 안락의자에 앉아 있는 서튼이 눈에 들어왔다. 그는 침대에 발을 얹어놓고 있었다. 깜짝 놀라 들고 있던 술을 떨어뜨릴 뻔했다.

"아침인데 볼 게 없군." 서튼이 TV를 껐다.

나는 뛰는 가슴을 진정시킨 후 물었다. "어떻게 들어온 거야?"

"재닛이 열어줬어. 네 형이라고 했지. 여기서 댄스파티가 열린다는 거 알아?"

나는 의자를 돌아 들어갔다.

그가 물었다. "뭐 사왔어?"

"내가 여기 묵고 있다는 건 어떻게 알았지?"

"널 미행했어. 걱정이 돼서 말이지."

"미행? 네가 뭔데 날 미행해?"

그가 일어나 방어하듯 두 손을 펼쳐 보이며 말했다. "아, 이제야 좀 객답군."

"몰랐어? 그날 밤 진에 대해 잊은 척하는 거야?"

내가 들어도 거슬렸다. 어린애처럼 징징대기나 하고. 그의 잘못도 아닌데.

나는 그에게 캔 하나를 건네며 말했다. "날 따라다니지 마. 알았어?"

"그러지 뭐."

우리는 한동안 침묵을 지키며 술을 홀짝였다.

그가 다시 입을 열었다. "장례식에 갔었어."

"나보다 낫군."

"나도 그 노인네를 좋아했어. 성질머리는 좀 고약했지만."

"아들이 술집을 물려받았더군."

"그래? 어때?"

"출입금지 조치가 내려졌어." 서튼이 웃음을 터뜨렸다.

"고마워."

우리는 이내 스카치를 땄다.

그가 말했다. "플랜터가 또 일을 벌인 것 같아."

"그가 아니었는지도 몰라. 그냥 자살이었는지도 모른다고."

"잭, 설마 그렇게 생각하는 건 아니겠지? 우릴 만나고 나서 곧장 그 앨 죽인 거라고. 우리에게 도발을 한 거야."

"그걸 어떻게 증명할 수 있지?"

"그래서 그냥 모른 척 넘어가겠다는 거야?"

"내가 뭘 어쩔 수 있겠어?"

"그를 쏴 죽이면 되잖아."

나는 서튼의 얼굴을 빤히 쳐다보았다. 그는 어느 때보다도 진지해 보였다.

다음 날 아침, 기운은 나지 않았지만 완전히 녹초가 돼버린 건 아니었다. 나는 점심시간쯤 잠이 들어 기적적으로 침대에서 눈을 떴다. 온몸이 욱신거렸지만 견딜 만했다. 나는 웅크리고 앉아 커피를 마시며 신음을 토했다. 그때 노크 소리가 들렸다.

재닛이었다. "미안해요, 나중에 올게요."

"10분만 주세요. 곧 나갈 거예요."

그녀는 계속 문간에 서 있었다.

"저한테 무슨 용건이라도 있습니까?"

"형이라는 사람이 왔었어요. 내가 괜히 문을 열어준 게 아닌지 모르겠어요."

"괜찮아요."

"좋은 사람 같았어요. 나중에 그림 한 점 선물하겠다네요."

"형답네요."

"그럼 이따 다시 올게요."

나는 경마로 딴 돈을 다시 세어보았다. 침대에 현금을 깔아놓
고 경탄했다. 봉투를 가져와 확실한 정보를 제공해준 남자에게 건
넬 사례금을 넣었다. 또 다른 봉투에는 두목 주정꾼 패드릭에게
줄 돈 몇 푼을 넣었다. 물론 캐시 B의 결혼 선물도 잊지 않았다.

숀을 찾아갈 시간이었다. 버스를 타고 갈 수도 있지만 숙취도
떨쳐낼 겸 걷기로 했다. 하이킹. 에어스퀘어에서 우드키로, 다이
크 가로, 퀸센터니얼 다리로. 그리고 라훈으로. 나는 공동묘지의
옛 정문을 기억하고 있다. 지금은 사라졌지만. 앤 케네디가 찍은
사진은 아직도 케니스의 벽에 걸려 있었다. 사진 옆에는 조이스
의 시에서 발췌해온 몇 구절이 붙어 있었다.

다리가 아팠다. 아버지 무덤에 들를 생각은 없었다. 그러기에는 나 자신이 너무 부끄러웠다. 지난 몇 주간의 헛된 노력의 결과를 아버지에게까지 보이고 싶지 않았다.

숀의 무덤을 찾는 건 어렵지 않았다. 아직도 수많은 꽃다발이 그의 곁을 지키고 있었다. 임시로 세워놓은 묘비에는 '버림받은 이들을 위한 시'가 새겨져 있었다. 모자를 쓰고 있었다면 진작 벗어 쥐었을 것이다.

성호를 그었다. 이렇게 무의식적으로 튀어나오는 의식들이 있다.

나는 말했다. "숀, 많이 보고 싶습니다. 살아 있을 땐 당신이 얼마나 소중한 사람인지 몰랐어요. 난 다시 술을 마시기 시작했어요. 화나죠? 당신에게 좋은 친구가 못 돼줘서 늘 미안했어요. 이젠 날 반겨주는 술집도 없네요. 자주 찾아올게요. 참, 당신 아들은 머저리더군요."

눈물을 쏟을 수 있었다면 펑펑 쏟았을 것이다. 돌아서서 걸어나오려는데 아버지 무덤 쪽으로 시선이 돌아갔다. 한 여자가 아버지 무덤 앞에 무릎을 꿇고 앉아 있었다. 순간 앤일 수도 있겠다는 생각이 들었다. 가슴이 쿵쾅거리기 시작했다.

어머니. 어머니는 고개를 숙인 채 묵주 기도를 드리고 있었다. 나는 작은 소리로 기침을 한 번 했다.

어머니가 나를 올려다보며 말했다. "잭."

나는 손을 뻗어 어머니를 일으켰다. 기운 빠진 어머니의 몸은 흐느적거렸다. 어머니의 손가락 마디는 관절염으로 퉁퉁 부어 있었다. 어머니는 언제나 그렇듯 검은 상복 차림이었다.

"어머니가 오셨을 줄은 몰랐어요."

"그것 외에도 네가 모르는 건 많아, 잭."

"그렇겠죠."

어머니가 무덤을 돌아보며 물었다. "차 한잔할래?"

"음……."

"내가 살게. 택시 타고 가자. GBC가 좋겠어. 거기 빵이 맛있더라고."

나는 고개를 저었다.

"숀의 무덤에도 꽃을 갖다놨어. 너도 울적하지?"

"견뎌야죠."

"그를 위해 미사를 드릴 거야. 아우구스티누스에서. 헌금은 1파운드만 하면 돼."

나는 이렇게 대꾸할 뻔했다. '그래요. 한 푼이라도 아껴야 잘 살죠. 싸구려 암캐 같으니라고.' 하지만 꾹 참았다.

어머니가 말했다. "숀은 그 성당을 특히 좋아했어. 매일 아침 거기서 미사를 드렸지."

"저…… 이만 가볼게요."

어머니가 작별 인사를 했는지는 모르지만 나는 듣지 못했다. 어머니의 시선이 아직도 내 등에 꽂혀 있는 것 같았다.

정문을 나서면서 생각했다. '부모님 두 분이 다 여기 계시는군.'

분명치 않은
감사의 뜻이 남겨놓는 것

그 후로 며칠 동안 나는 마음을 다잡고 술을 줄여보았다. 갈망 자체를 억제해보려 애썼다.

하지만 점심에 맥주 두 잔, 그리고 최대한 참았다가 저녁에 제임슨을 체이스로 곁들여 맥주 두 잔을 더 걸쳤다.

이런 의지로는 힘들다는 걸 알고 있었다. 한바탕 부는 돌풍은 나를 다시 지옥으로 날려버릴 것이다. 나를 현실에서 구제해줄 수 있는 건 오로지 술뿐이고, 내 집착은 더 심해졌다.

나는 정보 제공자를 만나 사례금이 담긴 봉투를 건넸다.

그가 깜짝 놀라며 말했다. "이런 건 기대도 안 했는데요."

"당신이 준 정보로 땄으니 당연히 사례해야죠. 당신도 걸었나요?"

"걸다뇨?"

"로켓맨 말입니다. 당신이 찍으라고 했던 말."

"아뇨, 난 내가 흘리는 팁에 돈을 걸지 않습니다."

우체국 일자리를 잡았더라면 꽤 잘나갔을 텐데. 패드릭은 보이지 않았다. 나는 그가 자주 출몰하는 곳들을 차례로 둘러보았다.

앤에게도 전화를 걸어보았다. 왠지 그녀를 만나면 이렇게 꼬여버린 관계를 다시 정상으로 되돌릴 수 있을 것 같았다. 응답한 그녀는 내 음성을 듣자마자 전화를 끊어버렸다. 곳곳에 회색을 띤 턱수염은 어느새 얼굴을 뒤덮어버렸다. 카리스마와 성숙의 증거로 받아들이기로 했다. 가끔 들여다보는 거울에서는 절망에 찬 얼굴이 비쳤다.

나는 런던으로 갈 계획을 세워놓았다. 공원 근처에 집을 마련하고 그곳에서 때를 기다릴 것이다. 이제 내게는 기다림에 필요한 돈과 이유가 생겼다. 나는 영국 신문을 훑으며 매물로 나온 적당한 집을 찾아보기 시작했다.

새라의 죽음의 진실을 밝혀내지 못한 건 두고두고 한으로 남을 것 같았다. 플랜터가 범인이라는 확신에는 여전히 흔들림이 없었다. 그걸 증명할 방법은 없었지만 답을 얻기 위한 노력은 계속 해볼 참이었다.

새 술집을 찾았다. 가르다 시절 나는 거의 모든 술집에서 출입 금지 조치를 받았다. 하지만 그새 새 술집이 많이 늘었다. 진정으로 끔찍한 곳들도 많았다. 안으로 들어가면 예쁘장한 여자 바텐더가 진심을 담아 환영해주었다.

"어서 오세요. 반갑습니다."

빈틈을 보이면 무슨 별자리 태생인지 물어올 것만 같았다. 숙취가 풀리지 않은 상태로 그런 술집을 찾았을 때 가장 부담스러운 건 의욕에 찬 바텐더의 서비스였다. 숙취를 제대로 다스릴 수 있는 건 바텐더의 퉁명스러움뿐이다.

네스터스는 우연히 찾게 된 곳이었다. 포스터 가를 걷고 있는데 갑자기 소나기가 쏟아졌다. 사적 악감정이 느껴지는 폭우 말이다. 나는 순식간에 흠뻑 젖고 말았다. 잽싸게 샛길로 들어가니 술집이 하나 눈에 들어왔다. 그곳이 영업 중이라는 걸 확인시켜준 표지판.

버드 라이트는 취급하지 않습니다.

안으로 들어서자 반가운 얼굴이 보였다. 두 보초 중 하나가 턱을 괸 채 앉아 있었다.

그가 고개를 끄덕이며 물었다. "왜 이제야 나타난 거죠?"

"동료 한 명은 어디 있습니까?"

"심장마비가 왔어요."

"네? 지금은 괜찮나요?"

"심장마비가 왔는데 괜찮겠습니까?"

"하긴. 내가 술 한 잔 살까요?"

내게 프러포즈를 받기라도 한 듯 그가 휘둥그레진 눈으로 나를 쳐다보며 물었다. "그럼 나도 당신에게 한 잔 사야 하나요?"

"아닙니다."

"술 사주고 장황하게 수다를 늘어놓지도 않을 거고요?"

"물론입니다."

"그럼 좋습니다."

오래된 술집은 작은 주방 같았다. 스무 명 이상의 손님은 받을 수 없을 정도였다. 바텐더는 오십대 남자였다. 연륜이 필수인 직업 두 가지.

바텐더

그리고

이발사

그는 나를 몰랐다. 내게는 보너스였다. 나는 술을 주문한 후 주위를 돌아보았다. 낡은 기네스 광고판이 눈에 들어왔다. 말 두 마리가 끄는 짐마차와 불변의 광고 문구.

기네스는 몸에도 좋습니다.

이것이 바로 전통이다. 개인적으로 좋아하는 광고는 부리에 기네스를 가득 담은 펠리컨이 나오는 것이다. 세상에서 가장 행복한 새. 우드바인과 스위트 애프턴 광고판들도 보였다. 로비 번스의 시도 곳곳에 붙어 있었다.

바텐더가 말했다. "난 변화를 좋아하지 않습니다."

"나랑 같군요."

"언젠가 손님이 광고판을 사겠다고 한 적이 있습니다."

"돈만 낸다면야 뭐."

"여기선 안 됩니다."

나는 구석 테이블에 자리를 잡았다. 나무 테이블, 오래되고 딱딱한 의자. 문이 열리고 육중한 체구의 농부가 들어와 말했다.

"올해도 여름은 건너뛰게 생겼군."

딱 내 타입의 술집이다.

주정꾼들

베일리 부인이 말했다. "편지가 왔어요!"

"네?"

그녀가 편지를 건넸다. 내게 편지가 오다니, 실감이 나지 않았다. 봉투를 뜯어보았다.

법무부

안녕하십니까.

면직 조치 약관에 따라 모든 관물을 반납해주시기 바랍니다.

제복과 비품에 대한 조항 59347A를 참조하십시오.

확인 결과 8234번 아이템(전천후 제복 코트)이 아직 반납되지 않았습니다.

해당 아이템을 조속히 반납해주시기 바랍니다.

나는 편지를 봉투에 넣었다.

베일리 부인이 물었다. "나쁜 소식인가요?"

"새삼스러울 거 없는 소식입니다."

"그동안 지켜봤는데요, 테일러 씨. 아침을 거르시더군요."

"그냥 잭이라고 부르세요. 원래 아침을 잘 안 먹습니다."

그녀가 살짝 미소를 지었다. 그녀는 절대 나를 잭이라고 부르지 못할 것이다. 내가 8234번 아이템을 조속히 반납하지 않을 가능성만큼이나 확실했다.

"난 1984년 8월 4일 이후로 아침을 먹어본 적이 없어요."

"아."

"남편이 세상을 떠난 날이에요."

"그렇군요."

물론 이해는 되지 않았다. 이해할 필요도 없었고. 그녀가 계속 이어나갔다.

"그날 난 아침을 거하게 먹었어요. 경마가 막 끝나서 무척 바빴죠. 당시엔 마을에서 가장 바쁜 곳이었어요. 그날 일은 아직도 생생히 기억나요. 나는……

베이컨 두 줄

검은 푸딩(돼지의 피나 지방으로 만든 순대 - 옮긴이)

소시지 두 개

튀긴 빵

그리고 차 두 잔을 아침으로 먹었어요. 그리고《아이리시 인디펜던트》를 훑었죠."

그녀가 어색하게 웃음을 터뜨렸다.

"이런. 별 얘길 다 하네요. 아무튼 톰을 부르러 올라가 보니 이미 숨이 끊어져 있더군요. 내가 아래서 꾸역꾸역 먹고 있는 동안 그이는 싸늘하게 누워 있었던 거예요."

어떻게 반응해야 할지 난감했다. 어쩌면 무반응이 상책인지도 몰랐다. 그냥 들어주는 것만으로 충분할지도.

"난 소시지가 그리워요. 맥캠브리지 소시지. 다른 데선 구할 수 없는 소시지죠." 그녀가 흥분을 가라앉히고 환한 미소를 지으며 말했다. "날 위해 잠깐 시간을 내줄 수 있겠어요? 의견을 좀 듣고 싶어서요."

"물론이죠."

"고마워요. 11시쯤에 바 문을 닫을 거예요. 나랑 한잔하면서 얘기해요."

바! 바로 코앞에 술집을 두고서는.

나도 참.

"기대가 되네요." 내가 말했다.

"고마워요, 테일러 씨."

밖으로 나온 나는 주어진 옵션들을 숙고해보았다. 패드릭을 빨리 찾고 싶었다. 그를 위해 준비한 돈 봉투는 아직도 주머니에 담겨 있었다. 갈색 봉투를 잔뜩 넣고 다니니 꼭 움직이는 작은 정부가 된 기분이었다.

나는 네스터스로 갔다. 보초는 제자리를 지키고 있었지만 나는 못 본 척했다. 그의 온화한 눈빛이 느껴졌다. 바텐더가 고개를 끄덕였다.

"커피도 됩니까?"

그가 머그잔을 들어 보이며 대답했다. "물론입니다."

나는 딱딱한 의자에 앉았다. 테이블에는 몇몇 일간지가 펼쳐져 있었다. 우선《아이리시 인디펜던트》부터 훑어보았다. 순전히 베일리 부인을 위해서였다.

오늘의 머리기사는 새 차를 도난당한 남자에 대한 것이었다. 그는 난민들이 득실대는 동네에 살고 있었다. 차를 도난당한 날 저녁, 루마니아인이 그에게 돈을 뜯으려 했다. 남자는 그에게 흠씬 두들겨 맞았다. 나중에 밝혀진 사실이지만, 도난당했다는 차는 동네의 한 아이가 그저 '빌려갔던 것뿐'이라고 했다.

커피가 도착했다.

바텐더가 말했다. "그는 차를 잃었지만 그 아이는 나라를 잃었어요."

나는 신문을 내려놓았다.

그가 말했다. "새 아일랜드. 10년쯤 후엔 나도 루마니아계 아일랜드인, 아프리카계 아일랜드인들을 손님으로 맞게 되겠죠."

"그래도 옹졸한 놈들로 넘쳐났던 1950년대보단 낫죠."

"당연하죠."

에어스퀘어에서 주정꾼 무리에게 다가가보았다. 그들 대부분
은 의식이 반쯤 나간 상태로 들리지 않는 오케스트라 연주에 맞
춰 고개를 끄덕이고 있었다.

　나는 물었다. "패드릭 못 봤습니까?"

　보이존 스웨트 셔츠를 걸친 남자가 글래스고 악센트로 말했다.
"그 친구에게 원하는 게 뭐죠, 지미?"

　한마디로 그를 왜 찾느냐는 것이었다.

　"친굽니다."

　그는 동료들과 잠시 의견을 나누었다. 한 여자가 내가 바짝 다
가와 멈춰 섰다. 그녀에게서 '지저분하다'는 묘사의 새로운 차원

을 볼 수 있었다.

그녀가 거슬리는 음성으로 말했다. "패드릭은 지금 병원에 있어요."

"무슨 일이 있었나요?"

"솔트힐 버스가 치고 가버렸어요."

마치 버스가 그를 노리고 사고를 냈다는 것처럼 들렸다.

글래스고 남자가 물었다. "잔돈 가진 거 있어요, 지미?"

나는 그에게 몇 푼 건넸다. 그가 침을 튕기며 고맙다는 말을 반복했다. 묘하게도 그의 축복이 반갑게 느껴졌다.

나는 뒤늦게 여자가 미국 악센트를 가지고 있다는 사실을 깨달았다. 주정꾼 모임도 세계화가 진행 중인 모양이었다. 국제절망연합. 나는 오래된 로스 맥도널드 소설을 떠올렸다.

그녀의 생기 없는 눈 밑으로 다크서클이 보였다. 어젯밤을 꼬박 샌 모양이었다. 미국인들은 절대 늙지 않는다. 그저 세상을 뜰 뿐이다. 그걸 알고 있는 그녀의 눈에서는 가책이 묻어나왔다.

나는 병원으로 향했다. 왠지 예감이 좋지 않았다.

그게 바로 목록이야,
마침내 나는 말했다.
풍파와 술로 가득 찬 내 목록
화려한 장식체로 서명하고
슬픈 키스로 끝을 낼 거야,
그저 코스 중 하나일 뿐이지.

병원으로 향하는 길에,

    말아 피우는 담배

    담배 종이

    보온용 양말 세 켤레를 샀다.

수위에게 병실을 물어보았다. 그는 협조적이지 않았다. 결국 현금을 내보였고, 그 방법은 확실히 효과가 있었다.

그가 말했다. "그 주정꾼 말이죠? 지금 세인트 조셉 병동에 있어요. 변성 알코올을 미련하게 마셔댄 모양이에요."

"고마워요."

"뭐가요?"

처음에는 패드릭을 알아보지 못했다. 깨끗하게 씻은 모습 때문이기도 했지만 무엇보다 눈에 띄게 줄어든 체구 때문이었다.

"좀 어때?" 내가 물었다.

"여기선 담배를 못 피우게 한다네."

"나쁜 놈들, 내가 하나 말아줄까?"

"그렇게만 해준다면 평생 은인으로 여기겠네. 이곳 사람들은 날 별로 좋아하지 않는 것 같으이. 내 광장 동지들은 다들 별고 없고?"

"다들 자네 안부를 걱정하고 있어."

그들은 이미 패드릭을 잊고 있었다. 패드릭도 그 사실을 알고 있었고. 그의 굳은 얼굴에 미소가 살짝 떠올랐다. 나는 담배를 하나 말아 그의 입에 물려주었다. 그가 기침을 하며 침대를 뒹굴었다.

"이제야 살 것 같구먼. 내가 자네 이름을 물어본 적 있었는가?"

"잭."

"자네에게 어울리는 이름이군. 내가 가장 좋아하는 음료 이름과도 같다는 건 굉장한 아이러니야. 담배 없이 이렇게 누워 술을 갈망하면서 난 신을 떠올려봤네. 내가 태어나기도 전에 그는 내이름을 알고 계셨다는데, 자넨 어떻게 생각하나?"

나는 주위를 흘끔 살폈다. 사람들은 노골적으로 우리를 무시하고 있었다. 주정꾼에 대한 소문이 이미 자자하게 퍼진 모양이었다. 그가 몸을 바르르 떨기 시작했다. 실내는 후끈했고, 내 턱수염

안에서는 땀이 배어 나오고 있었다. 루니라는 이름의 중년 남자가 차를 실은 카트를 밀고 다가왔다.

소문에 의하면 그토록 인자했던 아버지가 그를 흠씬 두들겨 팬 적이 있었다고 했다. 그는 패드릭을 제외한 모든 환자들에게 차와 비스킷을 나누어주었다.

"이봐요. 이봐요, 루니." 나는 그를 불러 세웠다.

그는 못 들은 척 카트를 밀고 복도로 나가버렸다.

순간 실내 온도가 뚝 떨어졌다.

오싹한 분노의 섬광이 번뜩였다.

눈앞이 하얗게 변했다.

나는 관상 동맥질환 집중치료 병동 앞에서 그를 붙잡았다. 그가 날카로운 눈으로 나를 쳐다보았다. 그의 배지에는 '루니'라고 적혀 있었다. 그의 표정은 이렇게 말하고 있었다.

'넌 날 건드릴 수 없어!'

내 키는 180센티미터가 훌쩍 넘었고, 체중도 80킬로그램에 달했다. 체구만 봐서는 그의 두 배에 가까웠다.

나는 나지막이 말했다. "응급 처치실도 가봐야 합니까?"

"아니, 거긴……."

그가 장황한 연설을 늘어놓기 시작했다. 각 병동의 묘사에서부터 시작해서.

나는 말했다. "당신은 정확히 5분 후 응급 처치실에 누워 있게 될 겁니다. 내가 당신의 왼팔을 부러뜨릴 거니까요."

"대체 왜 이러는 거야, 테일러? 내가 자네에게 뭘 어쨌다고. 난 자네 아버지 친구였다고."

"아까 그 병실로 돌아가요. 그리고 그에게 차와 그…… 곰팡내 나는 비스킷을 챙겨줘요."

그가 발끝으로 서서 물었다. "아, 그 주정뱅이 친구 말이야? 그 친구랑 무슨 사이기에 이러는 거지? 그런 친구들에겐 차가 전혀 반갑지 않을 거라고."

나는 그의 눈을 똑바로 쳐다보았다. 나조차도 알 수 없는 무언가를 그에게 똑똑히 보여주기 위함이었다. 그가 카트를 밀고 병실로 돌아가 패드릭에게 차와 비스킷 두 개를 건넸다. 나도 한 잔 얻어 마셨다. 두 번째 잔은 정중히 사양했다.

그가 사라진 후 패드릭이 말했다. "조만간 광장으로 돌아갈 꿈은 접는 게 좋을 것 같으이."

"희망을 버리지 마."

"아닐세. 자네가 가져온 양말, 지금 좀 신어봤으면 하는데, 자네가 좀…… 신겨줄 수 있겠나? 내가 지금 기운이 없어서 말이야."

그는 축 늘어진 모습이었다.

양말은 보온용으로 빨간색이었다. 포장지에는 '편안한 착용감'이라고 적혀 있었다.

나는 담요를 걷었다. 그의 발 상태는 최악에 가까웠다. 진지한 소설가가 보았다면 이렇게 묘사했을 것이다.

혹투성이에

비비 꼬이고

갈가리 찢긴

그리고, 오!

너무 낡아버린

양말은 중간 크기였지만 그가 신으니 헐렁했다. 그는 자신의
발을 내려다보는 나를 지켜보았다.

나는 물었다. "어때?"

"아주 좋네. 벌써부터 몸이 좋아지는 것 같다네. 내게도 한때
아가일에서 산 양말이 있었다네. 아니, 그냥 꿈이었는지도 모르
겠구먼. 자네에겐 보기 드문 재능이 있네."

"나한테 재능이?"

"자넨 남의 일에 절대 참견을 하지 않는 것 같네."

"고마워."

탐정으로서 좋아할 일만은 아니었다. 이젠 돌아갈 시간이었다.

나는 말했다. "나중에 위스키 가져올게."

그가 환히 웃으며 말했다. "아무 거나 상관없네."

그가 침대를 내려와 사물함 앞으로 다가갔다. 잠시 안을 뒤적
이던 그가 너덜거리는 종이를 몇 장 꺼냈다.

"꼭 한번 읽어보게, 친구. 지금 당장 말고. 나중에 적절한 기회
가 있을 걸세."

"대체 뭔데 그래?"

"그런 호기심도 없으면 이 따분한 세상을 어떻게 살겠나?"

질문 : 돈에 대해 뭘 알지?
청년 : 잘 몰라요.
답 : 다른 건 몰라도 계산은 확실히 해야 돼.

빌 제임스, 《복음서》

병원을 나오니 우울증이 찾아들었다. 우울의 구름은 당장 모든 걸 끝내라고 간청했다.

한때 병원 맞은편에는 고풍스럽고 잘생긴 집이 한 채 서 있었다. 물론 지금은 사라졌지만. 지금은 리버 인이 그 자리를 지키고 있었다. 나는 운에 맡기고 들어가보았다. 어디서도 강의 흔적은 보이지 않았다.

바텐더는 젊은 여자였다. 그녀의 명찰이 눈에 들어왔다.

쇼나

이런, 예감이 별로인데.

그녀가 치관 씌운 치아를 드러내며 환히 웃었다. 나는 그녀가 마음에 들지 않았다.

"제임슨과 물을 갖다줘요."

설마 이런 간단한 주문을 망쳐놓진 않겠지? 다행히 그녀는 제대로 가져왔다.

글라스에 얼음을 넣어서 온 건 못마땅했다. 게다가 그녀는 계속 주변을 맴돌았다.

나는 말했다. "가서 치실을 하고 오던지 해요."

나는 창가 테이블에 자리를 잡고 앉았다. 문득 깨달음이 찾아들었다. 깜빡 잊고 패드릭에게 돈 봉투를 전하지 못한 것이었다. 중년 여자가 이 테이블 저 테이블을 돌며 팸플릿을 나눠주고 있었다. 그녀는 내 테이블에도 하나 내려놓았다. 나와 눈을 맞추지는 않았다. 보나마나 쇼나의 귀띔을 받았을 것이다. 나는 내용을 읽어보았다.

그들과 그 조상들이 내게 범죄하여
오늘까지 이르렀나니
이 자손은 얼굴이 뻔뻔하고 마음이 굳은 자니라…….

이 정도면 충분했다.

나는 한쪽 구석에 자리한 공중전화를 바라보았다. 앤에게 전화를 걸고 싶은 충동을 참기는 쉽지 않았다. 나는 얼음을 씹으며 충동이 사그라지기를 기다렸다. 머릿속에서 주문이 흐르기 시작했다.

내겐 돈이 있다. 그것도 아주 많이. 돈이 있으면 사는 데 아무 지장이 없다.
사는 게 힘들어도 괜찮다. 모든 문제는 돈이 해결해줄 테니까.

글라스 속 얼음이 녹을 때까지 반복해서 같은 주문을 읊어댔다.
그날 밤, 병원에 도착했을 때 내게는 패드릭을 위해 챙겨온 잭 다니엘스가 있었다. 그의 침대는 비어 있었다.
나는 지나가는 간호사를 붙잡고 물었다. "이 환자 퇴원했나요?"
"네, 4시 30분에 아주 편하게 눈을 감으셨습니다."
"뭐라고요?"
"고통 없이 가셨다고요."
"그럼…… 그가 죽었단 얘깁니까?"
"네, 친척이신가요?"
나는 정신을 가다듬고 물었다. "이제 그는 어떻게 되는 거죠?"
그녀는 만약 그를 '수습'할 사람이 나타나지 않으면 웨스턴 보건국이 알아서 매장할 거라고 설명해주었다.
"극빈자 공동묘지에 말입니까?"
"저흰 더 이상 그런 표현을 쓰지 않습니다. 일반 공동묘지에 확

보해둔 자리가 있어요."

"수습은 내가 할 겁니다."

나는 정신이 반쯤 나간 상태로 수많은 문서와 증명서를 훑어나갔다. 장의사에게도 연락했다. 그는 모든 걸 알아서 처리해주겠노라고 약속했다.

나는 물었다. "현금도 괜찮죠?"

"물론입니다."

패드릭의 장례식과 매장식이 어떻게 지나갔는지 기억도 잘 나지 않았다. 나는 모든 절차를 직접 처리했다. 물론 조객은 한 명도 없었다. 나 혼자만이 그의 죽음을 애도했을 뿐이다.

그의 무덤은 숀의 자리에서 얼마 떨어지지 않은 곳이었다. 잘된 일이었다. 서튼이 잠깐 들렀을 수도 있지만 그것은 내 바람이었을 뿐이다.

앤은 당연히 코빼기도 보이지 않았고.

베일리 부인에게는 같이 한잔하기로 한 약속을 깨서 미안하다고 사과했다.

그녀가 이해할 수 없다는 표정을 지으며 말했다. "같이 마셨잖아요."

정말 기억이 나지 않았다. 나는 애써 태연한 척하며 말했다.

"별 도움이 되지 못한 게 마음에 걸려서요."

"큰 도움이 됐는데요."

"그래요?"

"네, 당신의 감동적인 조언을 듣고 팔지 않기로 결심했어요."

무슨 얘기인지 궁금했지만 더 이상 묻지 않기로 했다. 그것도 패드릭에게 배운 지혜였다. 나는 그가 쥐어준 종이를 펼쳐보았다. 그는 종이에 이렇게 적어놓았다.

아일랜드의 주정꾼, 자신의 죽음을 예견하다

(W. B.에게 사죄의 뜻을 전하며)

직감에 따라

행동하지 않은 내 탓이다

그리고 확실히

확신에 근접한

믿음

거리 위의 삶

앞으로 오래 버티진

못할 것이다

희망의

사보타주

난 너무 오래 살았다

절망 위로 한 잔 쏟아붓는다

술집

영구차

그전에
난 가슴에 손을 얹은
술꾼을 지켜봤다

난 알고 있었다
약
그가 가지고 있었다면
그건 천천히
아주 천천히
제거
진동
진동…… 이건 무시하고
존중의 뜻을 담아 침묵

행렬은 지나고…… 지나고……
그의 손…… 저무는 날
이 순간도
결국 지나고
가장 오래된 기대
체념을 향해 뻗어진 손
회복은 없다

관은 고급 호텔들을

지나지 않는다

낮은 변성 알코올을 향해 내밀어진

그들의 손은

어떠한 형태도 취하지 않는다

파괴점

그 후로 많은 일이 빠르게 벌어졌다. 패드릭의 죽음이 전환점이었다고 주장하지는 않겠지만 달리 설명할 길은 없다. 네스터스로 들어서니 바텐더가 나를 한쪽으로 데려갔다.

"긴 얘긴 안 하겠습니다. 한때 나도 당신처럼 퍼마시던 시절이 있었어요. 그런 건 아무래도 상관없습니다. 하지만 당신에겐 아직 미결 사항이 남아 있어요."

"그게 무슨 소립니까?"

그가 내게 소포 하나를 건넸다.

나는 무섭게 으르렁거렸다. "이게 뭐죠?"

"베타 차단제(협심증, 고혈압 등의 치료제 – 옮긴이). 이걸 먹으면

진정이 될 겁니다. 코카인과 같은 효과를 볼 수 있지만 몸엔 아무
런 손상도 가지 않죠."

"대체 날 뭘로 알고……."

그가 내 말을 막으며 말했다. "먹어봐요. 흥분부터 가라앉히라
고요. 개인적인 문제가 깨끗이 처리되면 그때 다시 돌아와요. 신
문과 맥주 몇 잔과 그럭저럭 괜찮은 술집의 소박한 삶에 정착할
수 있을 겁니다."

그리고 그는 사라졌다.

나는 말했다. "넌 도움이 필요해. 정말로."

그리고 주머니에 소포를 집어넣었다.

다음 날 아침, 지독한 숙취가 찾아들었다. 나는 절박한 심정에
알약 하나를 꺼내 입에 넣었다. 잠시 후 마법처럼 마음이 편안해
졌다.

창밖을 내다보며 말했다. "그렇다고 술을 끊겠다는 건 아니야."

바로 그런 뜻이었으면서.

캐시 B의 결혼식에서는 진탕 마셔보고 싶었다. 하지만 애석하게도 그런 분위기는 아니었다. 호적 담당자는 머뷰에 자리하고 있었다. 멀린 파크 병원 맞은편에.

나는 캐시에게 말했다. "성당에서 하는 게 낫지 않겠어?"

"음성파(Negative Wave) 때문이에요, 잭."

그녀의 퍼포먼스 아티스트 약혼자 에버릿은 예상만큼 나쁘지 않았다. 물론 마음에 들지는 않았지만 그럭저럭 봐줄 만했다. 이십대 초반으로 보이는 그는 민머리에 카프탄(터키 사람 등이 입는 긴 소매 옷 – 옮긴이)인지 커튼인지 알 수 없는 옷을 걸치고 있었다. 결혼식을 맞아 성의껏 다림질해서 입은 모양이었다. 캐시는 아름다웠다. 그녀는 심플한 빨간색 드레스에 킬러 힐을 신고 있었다.

"나 어때요?"

"빨간 옷의 여인."

그녀가 환한 미소를 지었다. 그녀가 에버릿에게 나를 소개하자 그가 말했다.

"아, 그분?"

나는 그에게 최소한의 관심이라도 있는 것처럼 물었다. "공연은…… 어떻습니까?"

"요즘은 쉬고 있습니다."

"그렇군요."

그렇게 대화는 끝이 났다. 그보다 더 꼴 보기 싫은 얼간이는 그동안 많이 봐왔다. 그는 그저 그중 가장 어렸을 뿐이다.

캐시가 속삭였다. "겸손한 사람이에요. 지금 맥나스와 큰 공연을 준비 중이에요."

"그래?"

나는 그녀에게 돈 봉투를 건넸다. 그녀가 새된 소리를 냈다.

"《대부 2》에서처럼 말이죠?"

결혼식은

　　　간결하고

　　　꼼꼼하고

　　　냉담했다.

이래서 성당이 필요하다.

피로연은 로이진에서 열렸는데, 많은 술이 준비돼 있었다. 사방이 예술가들로 북적였다. 50미터 밖에서도 내가 예술과는 거리가 멀다는 걸 알아차릴 수 있는 전문가들이었다. 밴드는 들어줄 만했다. 블루그래스(미국 남부의 백인 민속음악에서 비롯된 컨트리음악 – 옮긴이)에서부터 펑크 컨트리와 살사까지. 사람들은 음악에 맞춰 춤을 추었다.

검은색 청바지 차림의 젊은 여자가 다가와 내게 물었다. "나랑 춤출래요?"

"나중에요."

그녀가 차가운 눈으로 나를 뜯어보며 말했다. "나중엔 좀 힘들 것 같아 보이는데요."

수염이 문제였다. 바 근처를 맴돌며 이렇게 외치고 싶은 충동에 몇 차례 휩싸였다. '더블 제임슨과 맥주!'

하지만 꾹 참았다.

캐시가 물었다. "술 생각 안 나요?"

"당연히 생각나지. 하지만……."

"알아요. 술을 안 마시니 더 좋은 것 같아요." 가겠다고 하자 그녀가 나를 와락 끌어안으며 말했다. "오늘 멋있었어요."

에버릿이 고개를 끄덕이며 말했다. "또 봅시다."

과연 그렇게 될지.

도미닉 가를 걸으며 헤드라인을 읽어보았다.

십대 소녀 자살 사건에 연루된 사업가 실종

나는 신문을 사 들고 다리에 앉아 기사를 훑어보았다. 기사의
요점은 이랬다.

전직 가르다인 브렌단 플러드가, 지역 사업가인 플랜터 씨가
십대 소녀들의 자살 사건에 연루됐다고 주장하고 나섰다. 그들
의 죽음은 자살로 분류됐지만 플러드 씨의 폭로로 재수사가 이

루어지게 됐다.

클랜시 총경은 짧은 성명에서 플랜터 씨가 실종됐으며 행방이 묘연하다고 밝혔다.

플러드 씨는 신앙인으로 거듭난 후 폭로를 결심했다고 말했다.

또한 그는 전직 가르다인 잭 테일러가 중요한 역할을 했다고 언급하기도 했다.

신문을 내려놓으며 나는 생각했다. '이제야 주목을 받게 되는 건가?'

안도의 한숨이 터져 나왔다. 사건은 종결을 앞두고 있었다. 앤도 그토록 원하던 답을 확인할 수 있을 것이다. 세상은 그녀의 딸이 자살하지 않았음을 알게 될 것이다. 기사는 나를 중요 인물로 그려놓았다. 하지만 나는 실수로 일을 그르쳐버린 아마추어였다. 내 부주의로 포드는 목숨까지 잃었다.

나는 신문을 구겨 휙 던져버렸다.

내 방으로 돌아오니 심한 갈증이 찾아들었다. 그리고 어떤 목소리가 속삭였다.

"사건은 종결됐어. 이젠 좀 쉬라고."

나는 베타 차단제를 한 알 먹고 곧장 침대로 올라갔다.

> "클레이는 그렇게 몇 분간 서 있었다.
> 고개를 저으며 이 상황이 얼마나 우스운지 생각했다.
> 한번 망친 일은 계속 꼬여만 갈 뿐이다."
>
> 조지 P. 펠레카노스, 《스위트 포 에버》

다음 날 아침, 누군가가 현관문을 노크했다.

나는 재닛을 예상하며 말했다. "들어오세요."

서튼이었다. "마실 거 뭐 있어?"

"커피."

"아, 젠장. 또 끊은 거야?"

"내가 무슨 말을 할 수 있겠어?"

그가 안락의자에 앉아 침대에 두 발을 올려놓았다.

나는 말했다. "플랜터 소식 들었지?"

"그래, 내겐 더 특종이 있어."

"그게 무슨 소리야?"

"난 그가 어디 있는지 알고 있어."

"정말? 가즈엔 신고했고?"

"자네가 가즈였잖아. 그래서 너한테 얘기하는 거야."

나는 전화기를 향해 손을 뻗었다.

"그렇게 처리할 문제가 아니야."

"난 자넬 이해할 수가 없어."

"그에게 데려가 줄게."

순간 깨달음이 찾아들었다. "자네가 데리고 있는 거야?"

그가 능글맞게 웃으며 물었다. "그래서 만나겠다는 거야, 말겠다는 거야?"

선택의 여지가 없었다.

"좋아."

그가 벌떡 일어나며 말했다. "그럼 빨리 가보자고."

오늘도 그 노란색 차였다.

그가 말했다. "이젠 이 색에 완전히 적응된 것 같아."

30분 후 나는 물었다. "클리프덴? 그를 클리프덴에서 잡았어?"

"거기 창고가 있다고 했잖아. 엄청나게 큰 곳이야. 내가 거기서 같이 지내자고 제안했던 것도 기억하지?"

"그래서…… 자네가 동거인을 납치한 거야?"

내 일부는 그것을 황당한 농담으로 받아들였지만 아무튼 직접 확인해야 할 문제였다.

"그자를 데려다가 뭐 하는 거야?"

"그의 초상화를 그리고 있어. 그자가 먼저 내게 요청했다는 사실은 알고 있지?"

우리가 도착했을 때 클리프덴에는 비가 내리고 있었다. 스카이가를 따라 반쯤 올라갔을 때 그가 갓길에 차를 세우고 말했다.

"저 위에 있어."

차창 밖을 내다보았지만 집은 보이지 않았다.

그가 말했다. "죽이지? 길에선 절대 보이지 않는다고."

나는 땀을 비 오듯 쏟으며 언덕을 걸어 올라갔다. 진흙을 밟아 미끄러진 것도 두 번이나 됐다. 정상이 가까워지자 마침내 집이 모습을 드러냈다.

서튼이 말했다. "우리가 온 걸 알면 그가 좋아할 거야."

암녹색으로 칠해진 집은 주변 환경과 완벽한 조화를 이루고 있었다. 창문들은 셔터로 단단히 덮여 있었다. 서튼이 열쇠를 꺼내 현관문을 열며 소리쳤다.

"나 왔어!" 그가 안으로 들어서며 소리쳤다. "아, 빌어먹을!"

나는 그를 밀치고 안으로 들어갔다. 어슴푸레한 불빛을 받은 이층 침대가 눈에 들어왔다. 그 위로 형체 하나가 매달려 있었다. 서튼이 불을 켰다.

플랜터는 나무 들보에 매달려 있었다. 그의 목에는 시트가 감겨 있었고, 발목에는 족쇄가 채워져 있었다. 족쇄는 침대 옆에 볼트로 고정된 상태였다. 나는 그의 얼굴을 흘끔 올려다보았다. 고통 속에서 죽어간 모습이었다.

침대 옆 화가(畫架)에는 캔버스가 놓여 있었다.

서튼이 말했다. "쉬운 길을 택했군."

나는 다시 플랜터의 얼굴을 올려다보았다.

"저게 쉽게 죽은 걸로 보여? 맙소사!"

서튼이 찬장으로 다가가 스카치 한 병을 꺼내며 물었다. "한잔 할래?"

나는 고개를 저었다. 그가 위스키를 벌컥벌컥 들이켠 후 숨을 헐떡였다.

"후, 이제 좀 살 것 같군."

나는 서튼에게 다가가 물었다. "자네가 죽였어?"

위스키는 그의 눈빛을 한층 더 날카롭게 만들어놓았다.

"미쳤어? 대체 날 뭘로 생각하는 거야?"

나는 대답하지 않았다. 그가 위스키를 한 모금 또 홀짝였다.

"이젠 어쩔 거야?"

"니모에 버리고 와야지. 인과응보."

"그건 안 돼."

"그럼 그냥 땅에 묻자고."

우리는 그렇게 했다. 뒤뜰에. 비는 억수로 쏟아졌고, 딱딱한 땅을 파내는 작업은 두 시간 넘게 걸렸다.

시체를 묻고 나서 나는 물었다. "뭐라고 한마디 해야 하는 거 아니야?"

"그래, 예술적인 멘트가 필요할 것 같아. 그림 볼 줄 알았던 친구니까."

"떠오르는 멘트 있어?"

"클리프덴에서 목을 매다."

우리는 저녁 6시가 다 돼서야 골웨이로 돌아올 수 있었다. 나는 흠뻑 젖었고, 지저분했으며, 피곤했다.

서튼이 차를 세우고 말했다. "너무 마음 쓰지 마. 그 자식이 다 자백했다고. 애들에게 로힙놀(수면제의 일종 - 옮긴이)을 먹였대."

"그들을 왜 물에 던져버린 거지?"

"그게 자신에게 쾌감을 준다나."

"말도 안 돼!"

그는 잠시 골똘한 생각에 잠겼다.

나는 말했다. "왜?"

"그가 아이들에 대해 들려줬어. 그 얘기가 하고 싶어 입이 근질 거렸었나 봐. 하지만······."

"하지만 뭐?"

"그 헨더슨이라는 애 있잖아. 그······ 새라 말이야."

"그 애가 뭐?"

"그 앤 자기가 죽이지 않았다더군. 자살한 게 맞대."

"거짓말이야."

"그렇게 둘러댈 이유가 없잖아. 나머지 아이들에 대해선 다 자백한 상태인데."

나는 차에서 내리려다 말고 말했다. "잘 들어. 우린 한동안 만

나지 않는 게 좋을 것 같아."

"그래."

그는 미끄러지듯 그곳을 빠져나갔다.

먼지가 가라앉으면
먼지가 남는다

플랜터의 추적 소식은 한동안 헤드라인을 장식했다. 몇 주가
지나자 사건에 대한 관심이 서서히 사그라졌다. 그렇게 그는 셰
거, 루칸 경과 함께 숱한 소문들 속에 파묻히고 말았다. 캐시 B는
한 달간 신혼여행을 즐기겠다며 케리로 떠났다. 앤에게서는 여전
히 연락이 없었고.

나는 술을 마시지 않았다.

서튼이 한 번 전화를 걸어왔다. 딱 한 번.

"잭…… 이봐, 친구. 잘 지내?"

"그럭저럭."

"가끔 전화하는 건 괜찮지? 우리가 어디 보통 사이야? 안 그래?"

"뭐, 자네가 그렇다면 그런 거겠지."

"여전히 술은 입에도 안 댄다며?"

"그 소문이 맞아."

"술 생각나면 언제든 연락해."

"그래."

"잭, 내가 어떻게 지내는지 궁금하지도 않아?"

"들려주고 싶으면 말해봐."

능글맞은 웃음소리. 바로 그런 소리가 흘러나왔다.

"그동안 그림만 그렸어. 그게 내 직업이니까."

"그렇군."

"알았어, 잭, 다음엔 너무 쌀쌀맞게 굴지 말아줘."

전화는 끊어졌다.

부검
백인 남성의 시신
오십대 중반
오른쪽 어깨에 천사 문신
영양 상태 양호
체중 : 81.6kg
신장 : 188cm
사인 : 권태

내가 죽으면 이런 결과를 받게 될 것이다. 금속 테이블에 누워 있는 내 창백하고 흐느적거리는 몸뚱이가 눈앞에 떠올랐다.

냉담하고 초연한 검시관의 음성도 들을 수 있었다.

머릿속은 온통 그런 생각들뿐이었다.

이제는 떠나야 할 시간이었다.

돈은 아직도 충분히 남아 있었다. 여행사를 찾아갔다. 나를 맞아준 중년 여자의 가슴에 '조앤'이라는 명찰이 붙어 있었다.

그녀가 말했다. "난 당신을 알아요."

"그래요?"

"앤 헨더슨과 사귀었었죠?"

"먼 과거 일이 돼버렸네요."

그녀가 혀를 찼다. 기괴한 소리가 났다.

"안타깝게 됐네요. 정말 좋은 여잔데."

"제 용건을 좀 풀어놔도 되겠습니까?"

그녀는 기분이 상한 듯했다. "죄송합니다. 뭘 도와드릴까요?"

"런던행 티켓."

"출국 날짜는요?"

"열흘쯤 후."

"귀국 티켓의 요금은…… 어디 보자……."

"조앤, 난 편도 티켓을 끊으러 왔습니다."

그녀가 날카로운 눈으로 나를 쳐다보며 물었다. "안 돌아오신다고요?"

나는 성의 없는 미소를 지어 보였다.

그녀가 말했다. "좋으실 대로요."

몇 분 후 내게 티켓이 건네졌다.

나는 물었다. "현금도 받죠?"

그녀는 잠시 망설이다가 돈을 받았다.

여행사를 나서기 전 나는 말했다. "당신이 보고 싶을 겁니다, 조앤."

광장을 가로지르던 중 분수대 옆에서 패드릭을 본 것 같았다. 분명히 그였다.

나는 속으로 물었다. '금주의 부작용인가?'

네스터스로 들어갔다.

보초가 말했다. "당신 기사를 봤어요."

"아, 언제 적 얘길 하는 겁니까?"

바텐더가 미소를 지었다. 그의 이름은 제프였다. 매일 이곳을 찾았지만 그에 대해 밝혀낸 건 이름뿐이었다. 나이는 나와 비슷

한 것 같았다. 당혹과 비난의 아우라가 그에게서도 느껴졌다. 그 아우라 덕분에 그가 크게 부담스럽지 않았다.

내가 딱딱한 의자에 앉자 제프가 커피를 가져왔다.

"얘기나 좀 할까요?"

어색했다. 우리는 우호적 회피로 굳어진 관계였다.

나는 말했다. "그래요."

"베타는 어때요?"

"술은 완전히 끊었습니다."

그가 고개를 끄덕였다. 머릿속으로 여러 가능성을 재보고 있는 것 같았다.

"내가 진실을 들려주길 원합니까, 아니면 그냥 모른 척 따라가 줄까요?"

"네?"

"톰 웨이츠를 인용한 겁니다."

"그도 음주를 즐길 줄 아는 친구죠."

그가 머리를 쓸어 넘기며 말했다. "내겐 친구가 많지 않습니다. 뭐 그게 불만은 아니지만요. 아내는 내가 너무 자기 충족적이라면서 떠나버렸습니다."

그가 무슨 말을 하고 싶어 하는지 알 길이 없었다. 하지만 나는 아일랜드인이다. 맞받아 응수하는 건 누구보다도 자신 있다. 개인적인 정보를 하나씩 주고받는 건 전혀 어려운 일이 아니다. 그렇게 우정은 탄탄해져가는 것이다. 아니면 말고.

대화의 태피스트리.

시작은 내가 했다.

"나 역시 친구 복이 없습니다. 친한 친구 둘이 얼마 전에 죽어 묻혔죠. 그들이 내게 받은 거라고는 자신들 무덤에 얹어진 싸구 려 화관뿐입니다. 보온용 양말이랑."

그가 고개를 끄덕이며 말했다. "커피포트를 가져올게요."

그가 커피를 가져왔다.

커피를 따라주며 그가 말했다. "당신에 대해 조금 압니다. 내가 먼저 여기저기 묻고 다닌 건 아니고요. 난 바텐더입니다. 손님들 얘길 들어주는 게 내 일이죠. 당신이 자살 사건을 조사해왔다는 걸 알고 있습니다. 가즈 출신이란 것도 알고요. 고집이 세기로 유 명했다더군요."

나는 피식 웃었다.

그가 계속 이어나갔다. "난…… 밴드 출신이에요. 혹시 '메탈'이 라는 이름 들어봤습니까?"

"헤비메탈 말인가요?"

"아뇨, 밴드 이름이 '메탈'이었어요. 70년대 말 독일에서 나름 잘 나갔었죠. 덕분에 이 술집도 차릴 수 있었던 거고요."

"아직도 음악을 합니까?"

"아뇨, 그때도 연주는 안 했어요. 그냥 작사만 했죠. 다행히 작 사가들은 헤드뱅잉을 잘할 필요가 없었어요. 세상에서 내가 사랑 하는 건 딱 두 가지뿐입니다. 시와 오토바이."

"왠지 잘 어울리는 조합 같진 않군요."

"오토바이도 그냥 오토바이가 아닙니다. 난 할리만 타요. 내가 모는 건 소프테일 커스텀입니다."

나는 알아들은 척 고개를 끄덕였다.

그가 계속 이어나갔다. "문제는 부품 구하기가 너무 힘들다는 겁니다. 가뜩이나 고장도 잘 나는데."

더 이상 고개를 끄덕이다가는 습관이 돼버릴 것 같았다.

그가 일어났다. 솔직히 나는 그의 의욕이 부러웠다. 그런 열정이 부러웠다.

그가 말했다. "하지만 시, 그건 고장 날 일이 없죠. 위층에 대가들의 시집이 많습니다. 혹시 아는 시인 있습니까?"

나는 가장 기본적인 이름을 댔다.

　　"예이츠
　　워즈워스."

그가 고개를 저으며 말했다.

　　"릴케
　　로웰
　　보들레르
　　맥니스."

그가 나를 똑바로 쳐다보며 말했다. "중요한 건 언젠가는 내게도 정식으로 등단할 날이 올 거라는 믿음입니다." 그러고는 종이 한 묶음을 건넸다. "누구나 시인이 될 수 있습니다. 이건 골웨이

사람들이 쓴 시예요. 프레드 존스턴의 작품은…… 연이어 비극을
겪은 당신에게 위로가 돼줄 겁니다."

"고마워요."

"지금 읽진 말아요. 나중에 조용한 곳에서 읽어요. 시는 그렇게
감상하는 겁니다."

그는 카운터로 돌아갔다.

보초가 말했다. "신문에서 당신 기사를 봤어요."

부디 그 말이 주문으로 바뀌는 끔찍한 일이 없기를 바랄 뿐이
었다.

"억울하다고 주장할 수도 있었지만
그는 살아오면서 억울하다는 말을 이미
수백만 번 이상 내뱉은 상태였다.
솔직히 그것으로는 아직 부족하다고 생각했지만."

T. 제퍼슨 파커, 《블루 아워》

주말 날씨는 환상적이었다. 아침 일찍부터 저녁 늦게까지 눈부신 햇살을 누릴 수 있었다. 도시 전체가 미쳐버렸다. 사람들은 일을 제쳐두고 쏟아져 나와 햇볕을 쬐었다. 피부암을 걱정하는 이는 아무도 없는 것 같았다.

길모퉁이마다 아이스크림 행상들이 보였다. 맥주에 취한 젊은 친구들은 여느 때보다 시끌벅적했다. 반바지 차림의 남자들은 심히 거슬렸다. 양말에 샌들은 말할 것도 없고. 새로운 시대의 진정으로 끔찍한 광경들 중 하나다.

나는 햇볕을 즐기지 않는다.

그저 비가 내리지 않는다는 사실만으로 충분히 기쁘다. 지나친 만족은 좋지 않다. 오래 지속되지 않는 것들을 열망하는 건 어리석은 일이다.

나는 에어스퀘어의 그늘에 앉아 있었다. 이미 얼굴이 벌게진 여자들이 눈에 들어왔다. 어디선가 내 이름을 부르는 소리가 들렸다. 말라키 신부. 평복 차림의 그는 치노 바지에 흰색 티셔츠를 걸치고 있었다.

나는 물었다. "쉬는 날인가요?"

"햇볕이 너무 뜨겁죠?"

두 가지로 이해될 수 있는 말이었다. 좋다는 건지, 싫다는 건지 알 수 없었다. 물어보지 않고 눈치로만 맞혀야 한다. 나는 묻지 않았다.

그가 말했다. "당신을 찾는 건 쉽지가 않군요."

"누가 날 찾고 있습니까?"

"어제 해변에 나가봤습니다. 엄청난 인파가 몰려와 있더군요. 아무튼 물놀이를 좀 하다 왔습니다. 거기서 내가 누굴 봤는지 알아요?"

"글쎄요. 모르겠는데요."

"당신 친구…… 서튼."

"그래요?"

"퉁명스러운 사람이더군요."

"그 친구는 사제들을 좋아하지 않습니다."

"북부 출신이니 이해합니다. 아무튼 난 그에게 인사를 하고 물놀이를 했느냐고 물었습니다."

나는 웃음을 터뜨렸다.

말라키가 말했다. "그는 수영을 못한다고 하더군요. 믿어집니까?"

그때 한 여자가 지나가며 말했다. "안녕하세요, 신부님."

"이만 가봐야겠습니다. 한 시간 후에 골프장에 나가봐야 해요."

"주님은 항상 요구가 많으시군요."

그가 사제다운 진지한 표정을 지으며 말했다. "당신은 단 한 번도 경외하는 마음을 가진 적이 없었어요, 잭."

"그건 사실이 아닙니다. 그저 당신이 하는 일들에 그런 마음이 생기지 않을 뿐이죠."

그는 사라졌다. 빛의 속임수인지는 몰라도 방금 전에 비해 그늘이 많이 줄어든 느낌이었다.

/

라훈 공동묘지로 향하는 길에는 새로 지은 호텔이 우뚝 서 있다. 이것도 전략적 계획인가? 나는 그곳에 들러보고 싶은 충동을 애써 억누르고 계속 걸어 나갔다.

날은 뜨거웠다. 사람들이 해변으로 몰려갈 때 나는 공동묘지로 향하고 있었다. 묘석들에 쏟아지는 햇살은 계획된 복수극을 보는 듯했다. 나는 숀의 무덤 앞에 무릎을 꿇고 말했다.

"여전히 술을 마시지 않고 있어요. 어때요?"

다음은 패드릭의 무덤.

"꽃은 가져오지 않았어. 대신 시를 가져왔지. 난 그냥 싸구려 자식이 아니라 예술적인 싸구려 자식이라고. 너도 시를 좋아했지? 하나 읊어줄게."

시골 장례식

그들은 오른손에 바다를 쥔 채
가벼운 추도의 산들바람을 맞으며 비틀비틀 언덕을 오른다
이곳 들판에는 돌과 수렁
그리고 죽은 나무들뿐이다.

축축한 태양 아래 우뚝 선 성당
그녀의 검은 문의 눈빛 아래 흩뿌려진 섬들
소박한 기도가 낮고 차가운 하늘로 떠오른다
기도는 더 이상 지상의 것이 아니다.

영구차의 엔진 소리는 음조가 맞지 않는다
검은 페인트가 벗겨진 곳은 녹슬었고
여기저기서 크롬 잎이 핀다
모든 건 제 계절을 맞고
죽은 이들은 고향으로 돌아간다

땀이 비 오듯 쏟아졌다. 나는 무덤들 사이로 난 좁은 길을 따라
천천히 걸어 내려갔다. 반대편에서 올라오는 앤 헨더슨이 눈에

들어왔다. 지금 속도라면 정문에서 마주칠 가능성이 컸다. 방향을 틀려고 할 때 그녀가 나를 발견하고 손을 흔들었다.

그녀는 미소를 짓고 있었다. 심장이 쿵쾅대기 시작했다. 그녀가 얼마나 그리웠는지는 형언이 불가능할 정도였다.

그녀가 말했다. "잭!"

"앤." 나는 정신을 가다듬고 그녀에게 물었다. "생수나 한잔하러 갈래요?"

"좋아요."

우리는 호텔을 향해 터덕터덕 걸어 나갔다.

그녀가 말했다. "너무 덥죠?"

새라가 자살한 게 아니라는 걸 알고 얼마나 마음을 놓았을까?

나는 말을 최대한 아꼈다. 괜한 말을 했다가 그녀의 심기를 건드리기라도 하면 큰일이었다. 호텔에 도착해서 오렌지 크러시를 주문했다. 얼음을 많이 넣어달라고 부탁했다. 그녀는 내가 술을 주문하지 않았다는 사실에 대해 아무 의견도 내놓지 않았다. 내게 호소의 기회도 주지 않고 그녀가 말했다.

"잭, 좋은 소식이 있어요."

"그래요?"

"아주 멋진 남자를 만났어요."

그녀는 계속 말을 이었지만 나는 더 이상 듣지 않았다.

호텔을 나서면서 그녀가 말했다. "택시를 부를 거예요. 같이 타고 갈래요?"

나는 고개를 저었다. 예상과 달리 그녀는 악수를 청하지 않았다. 대신 몸을 기울이고 내 볼에 살짝 입을 맞춰주었다.

뉴캐슬을 향해 걸어 나가는 동안에도 햇볕은 여전히 쨍쨍했다.

나는 고개를 번쩍 쳐들고 말했다. "그래. 날 구워 익혀라. 개자식아."

움직이다

내 방으로 돌아오니 피로가 몰려들었다. 술 생각이 간절했다. 입 안에서 위스키 맛이 감돌았다. 심장은 잠잠했다. 나는 유년 시절 추억이 담긴 욕 한마디를 큰 소리로 외쳤다.

"안 브로낙 모어."

오, 슬프도다! 대충 그런 뜻이지만 정확한 의미는…….

"난 끝났어."

그건 사실이었다.

나이 쉰. 나에게 누군가를 사랑할 기회가 또 주어질까?

꿈도 야무지군.

문득 뇌리를 스치는 생각.

"맨 정신으로 골웨이를 뜰 수 있다면 정말 대단하지 않겠어?"

그 생각에 벌떡 일어나 베타 차단제를 한 알 넘겼다.

"내겐 아직 할 일이 남았어. 떠날 준비를 해야지."

닉 혼비 소설 중에는 읽은 게 많았다. 출국 날을 위해 한 권 챙겨두기로 했다.

챙길 것들.

　　흰색 셔츠 셋

　　청바지 셋

　　양복 하나

　　책 몇 권

　　비디오테이프 두 개

그리고 나는 말했다. "양복은 됐어."

거의 모든 건 숄더백에 담을 수 있었다. 비행기 티켓을 다시 확인했다. 이제 닷새 남았다. 프런트로 내려가 보았다. 베타 진정제는 이미 내 영혼을 차갑게 식혀놓았다.

베일리 부인이 물었다. "테일러 씨, 괜찮아요?"

"네."

"당신 눈, 많이 아파 보이는데요."

"아, 아닙니다. 샴푸가 들어가서 그래요."

더 이상의 질문은 나오지 않았다.

나는 말했다. "베일리 부인, 한동안 떠나 있게 될 것 같습니다."

내 말에 그녀는 전혀 놀라지 않았다.

"방은 그대로 놔둘게요."

"아주 오래 걸릴지도 모릅니다."

"걱정 말아요. 방은 많으니까."

"고마워요."

"당신 같은 좋은 고객은 언제나 환영이에요."

"좋은 고객이라뇨, 당치 않습니다."

"그런 겸손함이 좋다는 거예요."

"떠나기 전에 술 한잔 사드리고 싶어요."

"그럼 그냥 떠나려고 했나요?"

노란색 차 한 대가 밖에서 대기하고 있었다. 번호판 위에는 'CLFD' 스티커가 붙어 있었다. 나는 유리창을 가볍게 두드렸다.

서튼이 말했다. "내려왔어?"

"더 이상 미행하지 말라고 했잖아."

"난 미행한 게 아니라 기다리고 있었던 거야."

"그 둘이 뭐가 다르지?"

"그건 자네가 알겠지. 탐정이니까." 그가 차에서 내려와 기지개를 켜며 말했다. "감시 임무라는 게 장난이 아니었군."

그는 머리부터 발끝까지 검은색으로 휘감겨 있었다. 스웨트 셔츠, 전투 바지, 나이키.

나는 물었다. "무슨 일인데 이렇게 차려입고 왔지?"

"애도 기간이잖아."

"그래도 적절해 보이진 않는데."

그가 차 안으로 손을 뻗어 배낭 하나를 꺼냈다. "선물을 주려고 왔어."

"왜?"

"그림을 하나 팔았거든. 자, 가서 한잔하자고. 아니, 커피. 선물은 가서 줄게."

그와의 마지막 자리가 될 테니 거절할 이유가 없었다.

우리는 숍 가의 엘스로 들어갔다.

서튼이 말했다. "여긴 카푸치노가 유명해."

정말 그랬다. 이탈리아 초콜릿도 제공되었다.

서튼이 초콜릿을 한입 베어 물며 말했다. "음, 죽이는데."

"내 것도 먹어."

"후회할걸. 맛이 기가 막히다니까."

그가 배낭에서 휴대폰 두 개를 꺼냈다. 그리고 그중 하나를 내 앞에 내려놓았다.

"이걸 가져가."

나머지 하나는 자기 앞에 내려놓았다.

"필요 없어."

"쓸데없는 소리 마. 싸게 구한 거니까 부담 갖지 않아도 돼. 앞으론 소통이 훨씬 수월해지겠군. 내 번호는 저장해놨어."

그는 다시 배낭을 뒤져 작은 액자에 담긴 그림 하나를 꺼냈다. 니모 부두.

"훌륭하다는 얘긴 안 해도 돼. 이미 알고 있으니까. 이건……꽤 비싼 거야. 내 작품은 다 소장용이라고."

나는 잠시 망설이다가 말했다. "여길 떠날 거야."

"아직 카푸치노가 식지도 않았다고."

"골웨이를 떠날 거라고."

내 말에 그는 깜짝 놀랐다. "어디로 가려고?"

"런던."

"그런 형편없는 곳엔 왜? 자넨 술도 끊었잖아. 어떻게 맨 정신으로 거길 갈 수 있지?"

"그런 사람들은 많아."

"그곳 시민과 유령들은 그렇겠지. 가서 뭘 할 건데?"

"베이스워터에서 방을 하나 빌릴 거야. 거기서 좀 쉬려고."

"일주일도 안 돼서 목을 매려고?"

"내가 그럴 사람 같아?"

"아, 런던이라…… 언제 가는데?"

"닷새 후에."

"가기 전에 이별주 한잔할 거야?"

"그래." 나는 휴대폰을 가리키며 덧붙였다. "이걸로 연락할게."

"그래, 기왕이면 밤에 해. 요즘 불면증이 심각하거든."

"정말?"

"자네라면 잠이 오겠어? 창밖에 사람을 묻어놓고?"

나는 일어나며 말했다. "선물 고마워."

"그래, 그림은 베이스워터에 가서 침실에 걸어둬."

내가 술집을 나올 때까지도 그는 계속 고개를 저어댔다. 숍 가에는,

> 마임 배우
>
> 거리의 악사
>
> 불 먹는 곡예사

그런 사람들로 넘쳐났다.

철사로 온갖 것들을 만드는 남자도 있었다. 단 몇 분 만에 놀라운 형체들을 뚝딱 만들어냈다. 나는 그 남자에게 주문도 받는지 물었다.

"돈 빼곤 다 만들 수 있습니다."

5분 후 그는 내가 주문한 것을 만들어 넘겼다. 나는 그에게 몇 파운드를 건넸다.

"대단하네요."

"이걸 예술위원회가 알아줘야 하는데 말입니다."

"그날이 오면 너는 오랫동안 갈망해온 고독을 누리기 시작할 것이다.
그게 언제가 될지, 어디서가 될지, 어떻게가 될지 묻지 마라.
산에서가 될 수도 있고, 감옥에서가 될 수도 있고,
사막이나 포로수용소에서가 될 수도 있다.
그건 전혀 중요하지 않다. 그러니 묻지 마라.
왜냐하면 나는 가르쳐주지 않을 테니까.
너는 그 순간이 오기 전까지 절대 알 수 없다."

토머스 머튼, 《칠층산》

나는 병원에서 손가락 깁스를 벗겨냈다. 손은 많이 오그라들어
있었다.

의사가 작은 공을 건네며 말했다. "이걸 쥐었다 폈다 하는 운
동을 꾸준히 하십시오. 그러다 보면 다시 힘을 쓸 수 있게 될 겁
니다."

간호사가 나를 응시하고 있었다.

나는 물었다. "왜 그러죠?"

"이젠 면도도 하실 수 있겠네요."

나는 손가락으로 턱수염을 훑었다.

"마음에 안 드나요?"

"나이 들어 보이잖아요."

"나이가 들었으니까요."

"뭐 마음대로 생각하세요."

골웨이를 떠나면 아일랜드 간호사들이 많이 그리울 것 같았다. 나는 네스터스에서 캐시 B를 만나기로 했다.

그녀가 물었다. "거기가 어딘데요?"

나는 찾아오는 법을 상세히 알려주었다. 날씨는 여전히 화창했고, 눈부신 햇빛은 여전히 내 눈을 자극했다.

네스터스로 들어갔다. 보초는 나를 못 본 척했다. 내 인기가 벌써 시들해진 모양이었다. 의자에 앉자 제프가 커피를 들고 다가왔다. 나는 거리에서 사온 것을 테이블에 내려놓았다.

그가 말했다. "와우!"

굉장히 정교하게 만든 작은 할리였다.

나는 말했다. "작별 선물입니다."

"여길 뜨게요?"

"네."

그는,

　　　　어디로 가는지

　　　　언제 떠나는지

　　　　왜 떠나려는지

묻지 않았다.

그저 고개만 끄덕일 뿐이었다.

336

캐시가 들어와 주위를 살피며 말했다. "여긴 그냥…… 주방이 잖아요."

"어서 와. 이젠 무슨 부인이라고 불러야 하지?"

"실망한 부인."

"뭐?"

"에버릿은 떠났어요. 리스토웰에서 만난 미국 여자랑 도망쳤거든요."

"그것참 안됐군."

"전혀요. 오히려 잘된 거예요."

제프가 다가와 말했다. "뭘로 할래요?"

"스프리처(와인을 베이스로 한 칵테일 - 옮긴이)."

나도 술을 주문하고 싶어졌다. 멀어지는 제프를 지켜보며 캐시가 말했다.

"뒤태가 끝내주네요."

"오토바이 마니아야."

"딱 내 스타일이네."

제프가 가져온 술을 내려놓으며 환히 미소를 지었다. 그에게는 아직 충분한 매력이 있었다.

캐시가 말했다. "클래스 있는 노인네들이네요."

나는 웃음을 터뜨리며 말했다. "난 런던으로 갈 거야."

"가지 말아요."

"뭐?"

"내가 런던 출신인 거 잊었어요? 가지 말아요."

"이미 결심했어. 티켓도 샀고."

"아무튼 내 말 들어요." 그녀가 술을 한 모금 넘겼다. "정말 완벽한데요."

"난 진지하게 얘기하는 거야, 캐시. 정말 떠날 거라고."

"저 바텐더 말이에요, 결혼했나요?"

"아니, 예전에 밴드 생활을 했다더군."

"나…… 사랑에 빠진 것 같아요."

"캐시, 이봐…… 우선 나한테 초점을 맞춰주는 게 어때? 혹시 돈 필요해?"

"아뇨, 공연이 줄줄이 있어서 괜찮아요."

나는 일어서며 물었다. "나가서 좀 걸을까? 백조들 모이도 주고."

"여기 남아서 저 아저씨 좀 유혹해봐야겠어요."

포옹을 기대했지만 아무래도 키스 흉내로 만족해야 할 것 같았다.

"또 보자고."

"그래요. 나중에 봐요."

나는 왼손으로 연신 공을 주물러댔다. 이게 얼마나 효과를 거둘지는 의문이었지만.

/

폭풍

　지독한 악몽을 꾸었다. 영화 속 주인공처럼 식은땀에 흠뻑 젖은 채 비명을 질러댔다.

　"남…… 쳐들어온다."

　그렇게.

　나는 패드릭, 숀, 플랜터, 포드, 새라 헨더슨의 꿈을 꾸었다. 줄지어 선 그들은 새까만 눈으로 나를 노려보며 두 손을 앞으로 휘저어댔다. 아무리 달려봐도 그들은 항상 내 앞을 가로막고 있었다. 나는 연신 비명을 질러댔다.

　"날 그냥 놔둬. 안 그러면 확 술을 마셔버릴 거야."

　마침내 눈을 떴다. 창문으로 눈부신 햇살이 스며들었다. 공포

는 쉽게 걷히지 않았다. 힘겹게 침대에서 내려와 황급히 베타 차
단제를 넘겼다. 기도하는 방법을 잊지 않았다면 지금 이 순간에
써먹었을 것이다.

"세 더 바하, 무아이어."

아일랜드 버전의 성모송이다. 뛰던 가슴이 서서히 진정되었다.
나는 어릴 적부터 아일랜드식 교육을 받았다. 영어 버전의 기도
문들은 나중에 다시 배워야 했다. 전환기에는 기도와 담을 쌓고
살았다.

죽으면 곧장 지옥으로 떨어질 거라 믿었다. 유년 시절 나를 가
장 두렵게 만들었던 것이다. 기도법을 새로 익힌 후에야 비로소
그 두려움이 조금씩 걷혔다. 하지만 세상에 아일랜드보다 안전한
곳이 없다는 믿음에는 흔들림이 없었다.

우연은 신이 저자세를 유지할 때 찾아든다. 그가 파파라치들을
피해 다닐 때.

샤워를 하고 나와 흐린 커피를 한 잔 마신 후 옷을 입었다. 하
얗게 색이 바랜 데님 셔츠, 그리고 황갈색 코르덴 바지. 꼭 아메
리칸 익스프레스 카드 광고에서 튀어나온 사람 같다.

노크 소리가 들렸다. 제발 서튼이 아니기를.

재닛이었다. "내가 뭘 방해한 건 아니죠?"

"괜찮아요."

"베일리 부인에게 들었어요. 여길 뜰 거라면서요?"

"네."

"이거 주려고 왔어요."

그녀가 손을 앞으로 내밀었다. 검은 묵주. 그것은 빛을 받아 반짝거렸다. 소매에 걸쳐진 묵주는 수갑처럼 보였다.

그녀가 말했다. "노크에서 축성받은 거예요."

"이거 너무 감동적인데요, 재닛. 늘 지니고 다닐게요."

그녀가 얼굴을 붉히며 말했다. "당신이 보고 싶을 거예요."

그녀의 얼굴은 새빨갛게 달아올랐다. 요즘은 이런 순수한 얼굴을 찾아보기가 쉽지 않다.

나는 물었다. "초콜릿 드시나요?"

"물론이죠, 아주 환장한답니다."

"예쁜 상자에 포장해서 드릴게요."

"뚜껑에 개가 앉아 있는 걸로요?"

"바로 그겁니다."

그녀는 네온 불빛처럼 환해진 얼굴로 방을 나갔다.

나는 묵주를 베개 밑에 넣어두었다. 지금은 그 어떤 도움도 감사히 받아야 할 때였다.

퍼드릭 오 코네라의 조각상을 향해 걸어 나가는데 가르다 하나
가 다가왔다.

'이런.'

"테일러 씨? 잭 테일러 씨 맞습니까?"

그들이 이름 끝에 '씨'를 붙이면 변호사를 불러야 한다.

"네."

"클랜시 총경님께서 보자고 하십니다. 이쪽으로 오시죠."

그는 검은색 다임러로 나를 안내했다. 뒷문이 열리고 목소리가
흘러나왔다.

"타, 잭."

나는 시키는 대로 했다.

클랜시는 제복 차림이었다. 모든 견장과 훈장까지 주렁주렁 매달고서. 지난번에 만났을 때보다 더 살이 찐 모습이었다.

"요즘은 필드에 잘 안 나가는 모양이군."

"뭐?"

"골프 말이야. 요즘은 거물들과 라운딩을 한다며?"

그의 얼굴은 자줏빛을 띠고 있었고, 눈은 볼록 튀어나와 있었다. 한때 쥐보다도 말랐던 친구였는데.

"자네도 취미를 붙여봐. 건강에 좋다고."

"자넬 보니 정말 그런 것 같군."

그가 고개를 저으며 말했다. "아직도 입만 살았군, 잭."

운전석에는 육중한 체구의 남자가 타고 있었다. 그의 목은 두꺼운 근육으로 둘러져 있었다.

클랜시가 말했다. "자네에게 사과하려고 왔어."

"사과라니?"

"자살 사건 말이야. 자네 뭔가 알고 있지?"

"자네도 플랜터의 행방 정도는 알고 있을 텐데."

클랜시가 한숨을 내쉬었다. "그는 진작 여길 떴어. 돈이 있으니 어딘들 못 가겠어?"

대화가 더 불편해지기 전에 나는 화제를 바꾸었다. "난 골웨이를 떠날 거야."

"그렇군. 자네 친구 서튼도 데려가나?"

"아니, 그 친구의 뮤즈는 이곳에 있어."

클랜시가 잠시 뜸을 들인 뒤 말했다. "그가 한때 가즈에 들어오려고 했다는 거 알고 있어?"

"서튼이?"

"그래, 자격 미달로 떨어지긴 했지만."

"정말이야? 우리 같은 사람도 합격했는데?"

그의 굳은 얼굴에 미소가 떠올랐다. "자네도 계속 남았다면 승승장구했을 거야."

"어쩌면 지금 자네처럼 변했을 수도 있겠지."

그가 내 앞으로 한 손을 내밀었다. 나는 그의 구두를 내려다보았다. 새까만 구두는 얼굴이 비칠 만큼 광이 났다. 나는 그의 손을 잡았다.

그가 물었다. "카피 때문에 떠나는 거야?"

"뭐? 누구?"

"기억 안 나? 그 왜, 코크에서 온 고리대금업자 있잖아."

나는 그의 손을 놓고 그의 구두에서 시선을 뗐다.

"그래, 기억나. 그 뚱뚱한 친구 말이지? 헐링 실력도 꽤 괜찮았는데."

"지금 내 밑에서 일하고 있어. 그 친구 얘기가 앤 헨더슨이 자기 밑에서 창녀처럼 일하고 있다던데."

그 한마디가 긴 여운을 남겼다. 운전석의 남자가 몸을 꿈틀댔다. 내 눈썹에서 땀이 배어 나왔다. 등 뒤로 클랜시의 야릇한 미소가 느껴졌다. 눈앞에서 세상이 핑핑 돌기 시작했다. 갑자기 강렬한 햇볕에 노출된 게 원인인 듯했다. 현기증이 가시자 나는 다시 차 안으로 몸을 기울였다. 그리고 그의 구두에 대고 있는 힘껏 침을 뱉었다.

나는 광장 한쪽에 자리한 슈퍼맥스로 들어갔다. 차가운 음료가
필요했다. 나는 얼음을 가득 넣은 콜라를 사 들고 창가 테이블에
자리를 잡았다. 눈이 따끔거렸다. 손가락이 욱신거릴 때까지 공
을 주물렀다. 콜라를 길게 한 모금 넘겼다. 입 안에서 달그닥거리
는 얼음의 느낌이 좋았다. 빨간 구름이 시야를 막고 있는 것 같았
다. 콜라를 한 모금 더 넘기자 설탕이 제 기능을 시작했다.

쿵쾅대던 가슴이 진정됐다.

시야가 맑아졌고, 나는 공을 조몰락거리던 손을 멈추었다.

남자가 내 테이블로 다가와 말했다. "잭."

나는 그를 올려다보았다. 낯익은 얼굴이지만 이름이 기억나지

않았다.

"브렌단 플러드야."

"아, 그 하느님의 남자."

"앉아도 되겠나?"

"아니, 가즈라면 치가 떨려."

"전직 가즈인데도?"

"내겐 차이가 없네."

"긴히 할 말이 있어."

"또 그 주님 어쩌고 하는 얘기인가?"

"주님과 관련되지 않은 얘기가 세상에 어디 있겠나."

그는 의자에 앉았고, 나는 창밖으로 시선을 돌려버렸다. 화창한 날이었지만 지평선에 떠 있는 먹구름이 똑똑히 보였다.

플러드가 말했다. "폭풍이 오고 있어."

"성서 얘기야, 아니면 내게 정보를 주는 건가?"

"뉴스에서 들었어."

나는 대꾸하지 않았다. 짧은 설교만 견뎌내면 그를 쫓아낼 수 있을 것 같았다.

"당신 친구 숀 그로건 일은 유감이야."

"고맙네."

"정보가 있어."

"뭐?"

"차에 대한."

"얘기해봐."

"노란 차."

"노란 차가 어디 한둘인가?"

"목격자는 계획적인 범행인 것 같다고 했어."

"계획적인 범행?"

"가즈는 목격자 전원을 인터뷰했다고 발표했지만 그들이 놓친 한 명이 있어. 열한 살짜리 소년인데, 번호판은 못 봤지만 스티커는 똑똑히 봤다고 하더군." 그가 잠시 뜸을 들인 후 말했다. "CLFD 라고 적힌 스티커였어."

"클리프덴!"

그가 일어나 턱으로 점점 가까워져오는 폭풍을 가리켰다. "주님이 단단히 화가 나신 모양이야."

나는 쇼핑부터 해야 했다. 홀랜즈에서 초콜릿을 한 상자 샀다. 뚜껑에 귀여운 개 한 마리가 앉아 있는 것으로. 주류 판매점에서는 돌로 만든 병에 담긴 네덜란드 진을 샀다. 호텔로 돌아와서는 프런트 데스크에 초콜릿을 놓아두었다.

베일리 부인이 물었다. "재닛에게 주는 건가요?"

"네."

"그녀가 무척 좋아할 거예요."

"오늘 밤에 한잔하기로 했죠?"

"네, 11시쯤 어때요?"

"좋습니다."

니모 부두

코리브의 서부 해안에 자리한 부두는 클라다 키에서 시작해
링거네인 키까지 이어진다. 알렉산더 니모가 디자인했고,
1822년에 지어졌다. 당시 지역에서는 반대 의견이 압도적으로 많았
다. 1840년대 초 새 상업 부두가 지어질 때까지 이용됐다.
1841년에 시작해 1851년에 수리를 마친 클라다 부두는
1852년에 니모 부두와 합쳐졌다.

———

부두 동쪽 가장자리에서 집고양이 크기의 쥐들이 목격됐다.
그들에게는 아직 이름이 붙여지지 않았다.

저녁 7시, 하늘이 열리고 비가 억수로 쏟아지기 시작했다. 무
자비한 폭우였다. 나는 침대에 누워 빗소리를 들었다. 온갖 가능
성들에 대한 생각으로 가득 찬 머릿속을 비워내려 애써보았다.

11시, 나는 바로 내려갔다. 베일리 부인이 기다리고 있었다. 나
는 양복 차림이었다. 그녀도 꽤 신경 써서 차려입고 나왔다.

그녀가 말했다. "노망 든 사람들 같군요."

멋진 밤이었겠지만 도무지 기억이 나지 않는다. 내 머릿속은
바짝 얼어붙은 상태였고, 베일리 부인은 내 몫까지 재잘대야 했
다. 그녀가 이런 말을 했던 것은 기억이 난다.

"독한 술은 안 마시죠?"

"당분간은요."

그녀는 그 이유를 캐묻지 않았다. 나는 카운터 너머의 시계를 바라보았다.

2시가 되자 베일리 부인이 말했다. "이만 일어나는 게 좋겠어요."

그녀의 작별 인사.

"언제라도 친구가 필요하면……."

그녀의 포옹은 감동적이었다. 하지만 왠지 모르게 허전한 느낌이 들었다.

나는 방으로 올라가 창밖을 내다보았다. 빗줄기는 한층 더 굵어져 있었다. 나는 배낭을 가져와 진을 넣었다. 전천후 가즈 코트도 빼놓지 않았다. 그런 다음 서튼에게 전화를 걸었다.

"여보세요?"

"서튼, 잭이야. 불면증이 심하다고 했지?"

"그랬지."

"만나서 할 얘기가 있어."

"그래, 내일…… 보지 뭐."

"지금 말이야! 진을 한 병 샀어."

"아, 이제야 정신을 차린 모양이군. 어디서 볼까?"

"니모 부두."

"뭐? 이 폭풍 속에서?"

"그래서 더 좋잖아. 예술하는 사람이 뭐 그래? 이제 보니 나만도 못하군."

"그래, 와일드한 밤에 와일드하게 마셔보자고."

"이따 보세."

거리는 텅 비어 있었다. 클라다가 가까워질수록 바람은 점점 더 거세어졌다. 자칫하다가는 키까지 날아가버릴 것 같았다. 백조들이 보트에 기대어 서 있는 게 보였다.

니모 부두에 도착해서는 벽에 몸을 기대고 서서 새까만 만(灣)을 바라보았다. 사나운 밤이었지만 아름다웠다. 헤드라이트 불빛이 축구장을 돌아 부두 쪽으로 다가오고 있었다. 그 불빛은 어느새 나를 비추고 있었다. 나는 손을 흔들었다. 서튼이 시동을 끄고 차에서 내렸다. 그는 티셔츠와 청바지만 걸치고 있었다.

그가 칠흑 같은 밤에 대고 소리쳤다. "죽이는군."

그러곤 거센 바람을 헤치며 다가왔다.

"어떻게 이런 근사한 아이디어를 떠올릴 수 있었지? 술은 어디 있어?"

나는 배낭을 열고 술병을 꺼내 그에게 건넸다.

"게네베르…… 좋았어."

그가 진을 들이켜는 동안 나는 물었다.

"우리가 사우스 아마에 춤을 추러 갔을 때 기억해?"

그가 입에서 술병을 떼고 말했다. "그래……."

"차 한 대가 우릴 미행했고, 난 놈들이 누구냐고 물었잖아."

"기억이 날 것도 같은데."

"넌 그들이 나쁜 놈들이라고 했어. 난 어째서 그렇게 생각하는지 물었고."

그가 고개를 끄덕였다.

나는 말을 계속 이어나갔다. "넌 새벽 4시에 사람을 미행하는 이들이 선할 리 없다고 했지."

그가 큰 소리로 웃음을 터뜨렸다.

"지금 여기도 새벽 4시쯤 됐을 거야. 넌 나쁜 놈이고."

"뭐?"

"넌 숀을 죽였어. 노란 차에 클리프덴 스티커. 목격자가 있어."

그가 술병을 내려놓고 잠시 골똘히 생각에 잠겼다.

"우리 둘 모두를 위해 그랬던 거야."

"모두를 위해?"

그는 빠른 속도로 해명을 이어나갔다. "언젠가 늦은 밤에 그로

건스에서…… 난 심각할 정도로 취해 있었지. 그를 신나게 긁혀
대다가 나도 모르게 우리가 포드를 죽였다고 말해버렸어."

"숀이 우릴 신고라도 할 줄 알았던 거야?"

"그땐 아니었어. 하지만 그는 날 싫어했다고. 벽에서 내 그림을
내린 것만 봐도 알 수 있잖아. 당장은 아니라도 결국엔 우릴 신고
했을 거야."

"서튼."

나는 무릎으로 그의 급소를 힘껏 걷어찼다. 그의 티셔츠를 움
켜쥐고 그를 부두 가장자리로 끌고 갔다. 그의 입에서 비명이 터
져 나왔다.

"잭, 난 수영을 못 해."

나는 거센 바람을 맞으며 그를 내려다보았다. "알아."

나는 그를 물로 떠밀어버렸다. 그런 다음 돌로 만든 병을 집어
들고 술 냄새를 맡아보았다. 갑자기 솟구친 기운이 발가락까지
퍼져나갔다.

나는 높이 쳐든 술병을 멀리 던져버렸다.

분명 어딘가에 떨어졌겠지만 그 소리는 듣지 못했다.

거센 바람 속에서 코트의 단추를 채워나가는 동안 뉴리의 한
술집에서의 일이 머릿속에 떠올랐다. 그때 서튼은 내 손에서 《하
늘의 사냥개》를 낚아채고는 말했다.

"프랜시스 톰슨이 법석을 떨며 죽었지? 알코올의존자들이 다
그렇잖아!"

여기서 그걸 확인할 길은 없었다. 그러기에는 바람 소리가 너무 컸다.

밤의 파수꾼

1판 1쇄 **인쇄** 2016년 1월 22일
1판 1쇄 **발행** 2016년 1월 30일

지은이 켄 브루언
옮긴이 최필원

발행인 양원석
편집장 김지연
책임편집 정혜경
디자인 RHK 디자인연구소 마가림, 김미선
해외저작권 황지현
제작 문태일
영업마케팅 이영인, 양근모, 전연교, 정우연, 이주형, 김민수, 장현기, 정미진, 이선미
독자교정 함형준

펴낸 곳 ㈜알에이치코리아
주소 서울시 금천구 가산디지털2로 53, 20층 (가산동, 한라시그마밸리)
편집문의 02-6443-8847   **구입문의** 02-6443-8838
홈페이지 http://rhk.co.kr
등록 2004년 1월 15일 제2-3726호

ISBN 978-89-255-5832-5 (03840)